U0620320

从此以后

[日]夏目漱石 著

陈德文 译

广西师范大学出版社
·桂林·

小阅读·经典

一

有人慌里慌张地打门前跑过。这时，代助听到脚步声，就
像头脑里悬挂着一双沉重的木屐。随着脚步声渐去渐远，这木
屐的影像也慢慢消退了。于是，他醒过来了。

一看，枕畔的铺席上落下了一朵多层花瓣的茶花。代助昨
晚睡在床上，确实听到了茶花落地的声响。在他听来，那声音
仿佛皮球从天花板上投下来一样。也许是夜阑人静的缘故吧，
为了慎重起见，他把右手搭在左胸前，仔细检查心脏的跳动是
否正常，随后便入睡了。

不久，蒙眬之中他又看到婴儿脑袋一般大小的花的颜色。
于是，他像忽然想起什么似的，赶快把手放到胸口，边睡边检
查心脏的跳动。躺在床上检查脉搏，已经成为他近来的习惯
了。心脏依然有规律地跳动着，他用手捂住胸口，想象着那温
热而鲜红的血液，在心跳的推动下缓缓流动的样子。他想这就

1

是生命。现在，自己正用手掌压抑着奔流的生命。这反映到手掌上像钟表一般的响声，似乎是召唤自己走向死亡的警钟。如果活着听不到这样的警钟，如果这只装满鲜血的袋子不同时装满时光的话，自己该有多么快活！他可以饱享生之欢乐。然而……代助不觉有些悚然。他要活下去，他不能老是只顾想象那颗在血液推动下平稳跳动着的心脏。他时常睡下之后，把手放在左乳下面。他甚至想，这地方要是一铁锤砸下去会怎样呢？他虽然健壮地活着，但有时又甚至感觉到，自己活着就像奇迹一般侥幸。

他的手离开心脏，拿起枕边的报纸，躺在被窝里，用两手左右打开一看，左面一张画，画着一个男人正在杀一个女人。他立即把眼睛移向别的版面，那里正用大号铅字，报道学校里闹事的消息。代助读了一会儿，不觉疲倦起来，把手中的报纸哗啦一声放在被子上，然后点燃一支香烟。他一边掀开被头，一边从铺席上拿起那朵茶花，把它翻转过来放到鼻子上。于是，嘴巴、口髭和鼻子的大部分，都被花朵遮住了。香烟的烟雾萦绕着花瓣、花蕊，浓浓地飘散出来。他把花放在洁白的床单上，站起来走进浴室。

他在那里仔细地刷了牙。他常常庆幸自己长着一口好牙齿。他脱光衣服，仔仔细细摩擦着胸膛和脊背。他的皮肤细嫩而光洁，仿佛涂上了一层香油又细心揩拭过一般。每当他摇摇膀子，抬抬胳膊的时候，局部的脂肪就微微膨胀起来。他对这一点也很满意。其次又分开那头黑发，即使不搽油也显得十分自由、熨帖。口髭同头发一样细软，非常得体地遮蔽着嘴唇。代助抚摩着自己胖乎乎的面颊，对着镜子照了照，瞧那动作，简直像女人家梳妆一样。实际上，若在必要的时候，他甚至可以涂脂抹粉，凭着自己的肉体而夸示于人。他最讨厌的是罗汉般的骨骼和脸型，每当他对着镜子的时候，总是庆幸自己没有生成那样一副面孔。为此，当别人夸赞他举止潇洒的时候，他丝毫不觉得有什么难为情。他就是这样一个超越旧时代的日本的人物。

约莫过了三十分钟，代助坐到饭桌边上，他一边喝着红茶，一边向烤面包上抹黄油。这时，学仆[1]门野把报纸收拾好以后，从客厅里拿过来，叠成四方形，放在坐垫旁边。

"先生，出了大事啦！"门野大惊小怪地说。这位学仆抓住代助就是"先生、先生"地使用敬语[2]同他讲话。代助开始时虽然苦笑着抗议过一两回，但对方只是嘿嘿地笑了笑，马上又"先生、先生"地叫起来。后来，他不得已，只好听之任之，久之便成了习惯。现在只有门野一人可以若无其事地叫他"先生"了。代助心里也明白，他想到门野的处境，这位学仆对自己的主人，除了叫"先生"之外，再没有比这更合适的称呼了。

"你是说学校有人闹事啦？"代助表情沉静地咬着面包。

"干得倒挺痛快哩！"

"是想把校长撵跑吗？"

"嗯，恐怕要逼他辞职。"门野声音里流露出喜悦。

"要是校长辞职，你可以捞到什么便宜吗？"

"别开玩笑啦，只图自己的得失，那有什么意思！"

代助依然咬着面包。

1　原文作"书生"，侍候代助饮食起居的青年仆人。
2　敬语是日语中对长辈或地位高的人使用的一种语言形式。

"你知道吗？他们想把校长赶走，是因为忌恨他还是有别的利害得失呢？"他说着便拿起铁壶向茶碗里倒开水。

"我不知道呀，先生听到什么没有？"

"我也不知道，不过，眼下的人，觉得无利可图时就会惹是生非，这是一种手段啊，懂吗？"

"唔，是这样的吗？"门野的神情稍稍严肃起来。

代助闷声不响了。门野是个不太通晓事理的人，要是给他解释下去，不管如何详细，他总是用"唔，是这样的吗？"这句话来搪塞，使你根本无从知道他究竟是否同意你的看法。代助对这位学仆也很淡漠，不想给他带来什么刺激。另一方面，门野既不到学校去，也不用功读书，只是每日闲荡，无事可做。有时代助要他钻研钻研外语，他只回答："是吗？""是要这样做吗？"但他从来不说："好吧，就这样干吧。"而且，这种思想懒汉是不会给人一个明确的答案的。从代助方面看，自己并不是生下来专门培养门野的，马马虎虎就这样算了，所幸，门野的身子不同于他的头脑，做起事来倒挺勤快。对这一点，代助十分满意。不仅代助，就连常年在家供职的老女佣，最近也受到门野不少照应。因此，女佣同门野的关系很好，碰到主人外出时，他俩常常在一起聊天。

"先生究竟想干什么呀，你说呢，阿妈？"

"像他那种人，干什么都行啊，用不着担心。"

"担心倒是不，我看他还是干点什么事为好。"

"也许打算等娶了夫人之后，再慢慢寻个什么差事的吧。"

"多好的主意啊，我也想一天到晚这样生活呢，看看书，听听音乐什么的。"

"你?"

"不读书也行，只要能痛痛快快地玩就好。"

"那都是命中注定，没法子呀。"

"是这样吗?"

他们开头就这样谈起来。两周之前，门野尚未搬到代助这地方来的时候，这位年轻的独身主子同这个学仆之间，有着下面一段对话:

"你还在上学吗?"

"原先上，现在退学了。"

"在什么地方来着?"

"什么地方? 哪里都去过，总觉得有些腻味。"

"一开始就讨厌吗?"

"嗯，是这样的。"

"这么说，你不想读书啦?"

"嗯，不大想读。近来家中情况也不妙。"

"听家里的老妈子说，她同你的母亲认识。"

"嗳，本来两家住得很近。"

"你母亲也……"

"母亲仍然在搞那种没出息的副业，这阵子生意不好，日子不怎么好过。"

"虽说生活不好，你不是还同她住在一起吗?"

"住是住在一起，我嫌她啰唆，从未问过她什么，一有什么事，她就嘟嘟囔囔没个完。"

"哥哥呢?"

"哥哥在邮政局做事。"

"家里就这几个人吗？"

"还有个弟弟，他在银行里，比打杂好不了多少。"

"这么说就你一个人闲着？"

"嗯，是的。"

"你平时在家里都干些什么？"

"大多是睡觉，再不就去散散步什么的。"

"别人都在挣钱，只你一个睡大觉，不觉得难受吗？"

"不，没什么难受的。"

"家庭和睦吗？"

"倒也没有吵过架，说起来很怪。"

"母亲和哥哥是不是巴望你早一天独立生活？"

"也许是这样。"

"看来你是个乐观性子。真是这样的吗？"

"嗳，我不会撒谎骗人的。"

"这么说你什么也不在乎啰？"

"嗯，可以这样说。"

"你哥哥多大啦？"

"算起来，他到明年正月虚岁二十六。"

"那该娶媳妇啦。你哥哥成亲以后，你还打算像现在这样吗？"

"这得到时候再看，我自己也说不上，我想自然会有办法的。"

"还有别的亲戚吗？"

"还有个婶母，如今在横滨从事漕运业务。"

"婶母？"

"婶母倒干不来这种事儿，是叔父。"

"你怎么不到那儿寻个差事，漕运业很需要人哪！"

"我生性懒散，他可能不会要我的。"

"这样想就糟啦。告诉你吧，你母亲找我家老妈子商量，想把你送到我这里来。"

"嗯，她似乎提起过这事儿。"

"你本人究竟作何打算？"

"好，我尽量勤快些……"

"到我这里来满意吗？"

"嗯，是的。"

"但不能光是睡觉、散步。"

"这您放心，我身体棒，挑个洗澡水什么的全都行。"

"洗澡有自来水，不用挑。"

"那就扫地。"

门野就是凭着这样的条件，当上代助的学仆的。

不一会儿，代助吃罢饭，抽起烟来。门野一直坐在碗橱后面，呆呆地抱着膝盖，倚在柱子上。这时，他瞅空子又问主人：

"先生，今天早晨心脏怎么样啦？"

最近，他也摸清了主人的脾气，话语里带着几分玩笑。

"今天还算好。"

"说不定到明天又危险了，先生这样老惦念着身体，到头来，也许真的闹出大病来。"

"已经病啦。"

门野只得应了一声，望着代助红光满面的脸孔和披风下边肌肉丰满的肩膀。每当这种场合，代助总有些怜悯这个青年人。在代助看来，这青年的脑袋像牛一样蠢笨，说起话来直来直去，你偶尔转个弯儿，他马上就不懂了。他从不考虑怎样使自己的话说得更合乎逻辑一些。他的神经是粗的，像一团胡乱绕成的绳子一般。代助观察着这个青年的生活状态，他甚至怀疑这个青年为什么能活在世上。门野是那样无忧无虑，他觉得这种乐观的天性同主人的生活态度暗暗相合，越发得意起来。门野有着强壮的身体，这一点是主人所不及的。代助的神经，充满了自己特有的细微的思考力和敏锐的感应性，由于受过高尚的教育，反而带来了精神上的痛苦。这是一个天赋的贵族所得到的无形的刑罚。自己正是忍受了这些牺牲，才能像现在这个样子。不，代助有时认为，这些牺牲本身，正体现着人生的意义。而门野对这些却是一概不懂。

"门野，邮件来了没有？"

"邮件吗？来，来过啦，送来一张明信片和一封封了口的信，放在桌子上啦。要拿过来吗？"

"不用啦，还是我过去吧。"

听到这句含混不清的回答，门野早已出去，把信拿来了。明信片上用淡墨写的草书极为简单地告诉他，今天两点抵东京，临时在外面投宿，特地先通报一下，明天午间来访。正面写着内神保街上一所旅店的名称和发信人平冈常次郎的名字，背面也一样，字迹又潦草又模糊。

"已经到啦，是昨天到的。"

代助自言自语起来。他又拆开那封封口的信，是父亲的手迹。信上写道，他两三天前已经回到家里，虽说没啥要紧事，总有各种话要说，叫代助接到此信后来家一趟。另外还告诉他，京都花市还早，普通快车很拥挤啦，等等，都是几行无关紧要的文字。代助把信叠好，带着奇妙的神情将两封信比较了一下。

"你替我打个电话，给家里。"

"好，是往府上吧，什么事？"

"今天我有约会，不能回家，明后天一定回去。"

"好，打给谁呢？"

"老爷刚刚旅行回来，说有话找我谈。你不一定叫老爷出来，不管谁接就这样说好了。"

"知道啦。"

门野连忙走出去了。代助出了茶室，经过客厅回到书斋，一看，收拾得很整洁，那朵凋落的茶花也不知扫到哪里去了。代助走到花瓶右手那座堆满书籍的书架前边，从上面取下一册沉重的影集来，拔掉镏金的销子，站在那里一页一页翻看着。翻到一半光景，他突然停住了手，那里有一张二十岁左右的女人的半身照。代助低眉凝望着这个女人的面孔。

二

　　代助换下和服，正想到平冈住的旅馆里看望他，哪知道他先来了。车子嘎啦嘎啦刚来到门口，就听到平冈吩咐车夫停下来："就在这儿，就在这儿。"那声音同三年前分别时一模一样。平冈在门口一下扯住管传达的老妈子，说自己的钱包忘在旅馆里了，先借两毛钱。看他那副模样，使人不能不想起学生时代的平冈来。代助跑到大门口，还未来得及握手，就把老朋友请进了客厅。

　　"怎么样，可得好好叙叙啦。"

　　"哦，有椅子啊！"平冈说着，一屁股坐在安乐椅里。那动作，像是百十来斤的身子，连三文钱也不值似的。然后，将光头靠在椅背上，环视了一下屋内，赞赏道：

　　"这房子非常好，比我想象的要好。"

　　代助默默地打开烟盒，然后说：

“打那以后，情况怎么样？”

“一会儿干这，一会儿干那，唉，有得说啦。”

“本来常常写信的，情况知道些，最近一封信也不写啦。”

“可不，最近我谁也没给信哩。”

平冈突然摘下眼镜，从西装胸前的口袋里掏出皱巴巴的手绢，一边眨巴着眼睛，一边擦拭镜片。他从学生时代起就近视了。代助凝神地望着他的一举一动。

“你问我，你呢？”平冈说着，两手拿起眼镜，把两条细细的腿儿挂在耳朵后面。

“我还是老样子。”

“没变化顶好，你本来是个多变的人哪。”

这时候，平冈皱起了那八字眉，他打量着院子里的情景，忽然改变了语调说：

“啊，樱花树！眼看就要开啦，气候相差真大呀！”

平冈说起话来，还像以前那样不够冷静。

“你那里该变暖和了吧？”代助有些失望，他随便应酬地问。

没想到这下子引起了对方极大的热情。平冈有力地回答说：“嗯，暖和多啦。”说完，他立即意识到自己的存在，似乎有些茫然失措。代助又望望平冈的脸孔，他正在往香烟上点火。这时，老妈子才捧着茶壶进来。她说，刚刚把水舀进铁壶里，要等一会儿才能烧开，这样迟迟不泡茶，实在对不起。她一边唠叨，一边把茶盘子放在桌子上。老妈子说个没完的时候，两人瞧着紫檀木的茶盘闷声不响。老妈子讨个没趣，这才一个人笑嘻嘻地离开了客厅。

“她是什么人？”

"佣人，雇来的。总得吃饭呀。"

"倒挺会说话哩。"

代助将红红的嘴唇向两边一撇，弯成"弓"形，轻蔑地一笑。

"她从前没有在这样的人家做过事，真没办法。"

"你不会从老家带出一个来吗？想必有好多人吧。"

"都是年轻人啊。"代助认真地回答。这时平冈笑出声来：

"年轻人岂不更好？"

"我总觉得老家里的都不行。"

"除了这个老女佣还有旁人吧？"

"还有个学仆。"

门野不知什么时候已经回来了，他正在厨房里同老妈子说话。

"再没有别的啦？"

"没有啦。你问这些干啥？"

"还没讨媳妇？"

代助听到这话，脸色微微红了一阵，但他马上恢复了平静，用寻常那样极平凡的语调答道：

"讨媳妇还能不通知你？哎，你那位……"刚说一半，突然刹住了。

代助和平冈从中学时代起就是好朋友，毕业后的一年间，你来我往，像兄弟一般亲密。那时节，他们肝胆相照，通力合作，每每交谈起来，就感到无比快乐。这种快乐的交谈内容，有些是付诸行动的。因此，他们确信，他们之间交谈的内容，与其说是娱乐，倒不如说是常常包含着一种牺牲。他们并未觉察到这样一种陈腐的事实：这种牺牲一旦兑现，娱乐也随之转为痛苦。一年之后，平冈结婚了，接着就调到原来所在的那家银行设在京阪地方的某个支行里工作。临出发那天，代助把这对新婚夫妇送到新桥车站[1]，高高兴兴地同平冈握手，希望他们很快归来。平冈当时也现出无可奈何的样子，叫代助忍耐住离别的痛苦。然而就是从这副眼镜后面，代助发现平冈眼里闪动着十分得意的令人嫉羡的神色。看到这种情景，代助马上憎恶起这位朋友来了。回到家后，整整一天都闷在屋子里思考着什么。连陪嫂嫂去参加音乐会的事都拒绝了，弄得嫂嫂很为他担了一阵子忧。

平冈不断有信来，告诉代助他已经在那边安顿下来，有了家庭；还跟他讲了支行的情况，自己将来的希望，等等，什么内容都有。每接到平冈的来信，代助都认真地写了回信。奇怪的是，代助每次回信，内心总有一种不安的情绪，有时他不愿意忍受这种心情的折磨，也发生过中途搁笔的事。当平冈主动对他过去给自己的帮助表示感谢的时候，代助这才能够平静地握起笔，写一封感情比较和缓的信。

此后，信的往还渐次稀疏了，由一个月两次，一次，变成两个月一次或三个月才写一次。隔这么长时间以后，接到信的一方反而不安起来，因为实在毫无意义，只是为了驱除这种不安的情绪，才往信封涂上糨糊发出了事。这种情况持续了半年，代助感到自己的思想、心胸逐渐发生了变化。随着这种变化，代助感到不管给不给平冈写信，自己丝毫不觉得有什么痛

1　现在的汐留车站。

苦了。代助分居出来已经一年多了，他在同平冈交换新春贺年卡的时候，才顺便告诉了对方自己现在的住址。

尽管如此，因为有件心事，使得代助不能把平冈全然忘掉，而是时时记起他。代助作着种种想象，平冈现在生活得怎么样呢？然而，想象终归是想象，他没有勇气，也觉得没有必要再仔细询问一番。日子就这样过来了，直到两周前，突然接到平冈的来信，说他打算最近离开那里到这儿来。但这并非总行的命令，也不包含任何进退升降之类的意思，他希望代助不要朝这方面想，但有一点考虑，就是这次来京，也许有些事托办一下。这托办的事情是真是假，还是出于辞令上的需要，代助一时猜不明白，但他猛然觉察出，平冈的生活肯定发生了急剧的变化，这是无可争辩的事实。所以，一见面代助就想弄明白这种突变的全部过程。想不到谈话一旦出了轨，就再也不容易收回来了。代助有时故意问上几句，平冈总说以后再慢慢谈吧，或者用别的话岔开，就是不肯吐露真情。代助没办法，最后只好说：

"好久没见啦，找个地方吃饭去吧。"

平冈仍然絮絮叨叨说个没完没了，代助硬拉着他，来到附近一家西餐馆。

两人在这里大喝起来。他们一开始谈论着过去也常在一起这样吃吃喝喝，话题一经展开，僵硬的舌头也随之变软了。代助兴致勃勃地讲起两三天前在尼古拉教堂亲眼看到的复活节[1]的盛况。祭祀要等夜里十二点，整个人世变得寂然无声时才正

1　即 Easter 节，为纪念基督复活，春分满月后第一个星期日举行的宗教仪式。

式开始。参拜的人绕过长廊，回到正堂以后，几千支蜡烛一齐点亮。身着法衣的僧侣，列队走过对面，光洁的墙壁上映照出巨大的黑影……平冈托着腮帮听着，镜片后面那双长着双眼皮的眼圈都变红了。

代助还告诉平冈，那天夜里两点钟，他走过宽阔的御成街[1]，暗夜里跨过笔直闪亮的钢轨，独自一人来到上野的树林里，走进灯火通明的花丛之中。

"我很喜爱不为人们注意的夜樱呢。"他说。

平冈默默喝干了一杯酒，似乎有些遗憾地动了动嘴唇：

"夜樱是好，可我还没有见过。有这样的雅兴，倒也能叫人心情欢乐，不过人生一世，并不只是为了这些。"

看起来平冈说这话的意思，是站在更高一层，暗暗指出对方缺乏生活经验，平冈的话在代助听来，不说他的语气如何，单就内容来看，就使他感到很不是滋味。代助认为，论起生活和处世的经验，那天夜里复活节的情景，对于人生就颇有意义。想到这里，他回答道：

"我没有什么人世经验之类的迂腐的看法，生活中只有痛苦。"

平冈稍稍睁开了醉意蒙眬的双眼。

"看起来，你的想法很不一样了。你从前不是有句口头禅，说痛苦会变成以后的良药吗？"

"那是没有见识的青年，降服于流俗的一种说法，随便讲着玩的。我早已把这句话收回了。"

"不过，你最终也要到社会上去的，到时候像你这样，就

---

1 江户时代，德川将军到宽永寺参拜时走过的道路，在上野公园附近。

难办啦。"

"我很早就到社会上来了，特别是同你分别以后，我感到世界更加宽广，只是同你那个世界不属于同一种类。"

"说这种话也太跷蹇了，你很快就会被社会降服的！"

"当然啰，要是生活困顿，那会随时被降服的。但我今天悠然自得，何必自卑地去为尝试那些经验而折磨自己呢！这样做同印度人穿着大衣，担心冬天会到来一样可笑。"

平冈的眉宇间闪过一丝不快的表情。他漠然睁着红红的眼睛，大口大口抽着香烟。代助觉察到自己说得太激动了，于是改换了语调，和缓地说：

"在我熟悉的人里，有个对音乐一窍不通的人。他是学校的教师，在一所学校里挣不够吃的，就同时担任三所或四所学校的课程，实在可怜。除了备课，到课堂上像机器一般摇唇鼓舌以外，再没有一点空闲的时候。碰到星期天偶尔可以松松筋骨，埋头睡上一觉。所以，哪里有音乐会，外国的什么名人来演出，他都没有机会去看。就是说，这种人一直到死，对于音乐这样美好的境界，他是全然不得其门而入的。照我看，再没有比他这个缺乏经验的人更悲惨的了。关系到面包的经验，也许是切实有用的，但这是卑俗的。人类如果不抛开面包和水去追求更高级的经验，就会失去做人的标准。你或许仍把我看成公子哥儿，可在我生活着的豪华世界里，有比你更富有经验的年长者。"

平冈向烟灰缸弹了弹烟灰，用阴郁的调子说：

"嗯，你可以永远生活在这样的世界里。"平冈沉重的话语，听起来似乎包含着对富有阶层的一种诅咒。

两个人醉醺醺地走出餐馆大门，由于酒的作用，使得他俩进行了一场奇怪的争论，然而仍旧没有触及至关紧要的个人私事。

"稍微走走吧。"代助提议说。

平冈看来也并不像嘴上说的那样忙，他一面支支吾吾地应和着，一面同代助一起迈开了脚步。他们顺着马路，拐进一条横街，想选择一个适合闲谈的僻静的地方。走着走着，又聊了起来，想到哪里话题就扯到哪里。

平冈说，当初赴任时，为了学好业务和调查地方经济现状，忙活过一阵子。要是可能，他还想研究一下如何把学问和理论应用到实际中去。然而，由于自己职位不高，只好把自己的计划装进脑子里以备将来加以检验。开始那时光，他向支行经理提出过种种建议，可是都遭到冷遇，没有一项得到采纳。他不愿意喋喋不休地罗列那些艰深的道理，于是人家就把他当成不明事理的黄口孺子看待。看起来，自己也确实未弄懂什么东西。照平冈看来，这种无人重视的地方，并非因为自己不足以引起人们的重视，而是因为重用人才被认为是一种可怕的事。平冈有些窝火，同他们发生冲突也不止一两次了。

但是，随着时间的推移，他的火气越来越小了，自己的头脑也渐渐同周围的空气融合起来了。他主观上努力促使着这种融合。于是，支行经理对他的态度也逐渐改变了，有时甚至主动来跟他商量事情。到这时候，他已经不是刚出学校门的平冈了，对方弄不明白的或有碍体面的话，他一概不说了。

"我同那种阿谀奉承、溜须拍马的人是两样的。"平冈特地表白说。

"那当然啦。"代助一本正经地回答。

支行经理为着平冈的未来操了不少心。最近，他要回总行去，和平冈半开玩笑地说，到时候你也一道来吧。平冈熟悉业务，深得信赖，又勤于交际，所以学习的时间自然没有了，而且他感到学习反而会妨碍工作。

就像支行经理同他无话不谈一样，平冈自己也曾经信任过手下一个姓关的人，遇事都要找他商量。谁知这家伙和一个艺妓有着瓜葛，在经济上留下了亏空。事情暴露以后，本人当然要受到解雇，可是由于某种原因，一直搁置未办。平冈觉得时间久了会给支行经理招来麻烦，因此自己也提出了引咎辞职的申请。

平冈说的大致就是这些。代助听起来，似乎是经理向他陈述了利害，促使他做出了这样的决定。这是在平冈说出下面一段话后，代助得出的推论。当时平冈最后说：

"做个银行或公司的职员，职位越高，好处越大。那位姓关的只花了那么几个钱，就立即遭到免职处分，实在太可怜啦。"

"这么说，支行经理得到的好处最大啦？"代助问。

"也许可以这样认为。"平冈闪烁其词。

"那个人花的钱怎样啦？"

"才不满一千日元呀，我给他垫上啦。"

"看样子你挺阔，这么说你也得到了不少好处喽。"

平冈哭丧着脸，瞟了代助一眼。

"就算得到了一些好处，钱也都花光了。连生活费都不够，那钱还是借的呢。"

"是吗？"代助异常沉静地说。他这个人，不论在什么时候，都不改变平生那种音容笑貌。眼下这种低沉而清晰的话音里，包含着令人玩味的意思。

"我是先从支行经理那里借来，再给他垫上的。"

"经理为啥不肯直接借钱给那个姓关的呢？"

平冈没有回答，代助也不再追问。好大一会儿两人默默无言地并肩走着。

代助断定，除了上面讲到的，平冈肯定还有些事情没有告诉他。但他觉得，自己没有权利一追到底，弄个水落石出。他之所以这般好奇，是他长期住在大城市造成的。他生长在二十世纪的日本，三十岁左右就生活在 nil admirari[1] 的环境里。他不是一个未经世故的乡巴佬，看到人们阴暗的一面就大惊小怪。他也没有无聊到这样的地步——一旦嗅到对方内心陈腐的隐秘就产生喜悦之情。不，从另一方面来讲，即使比这强烈几倍的快意刺激着他，他也不愿感受。他为此感到疲惫不堪。

代助生活在同平冈几乎毫不相干的自家特有的环境里，思想大大进化了。（纵观古今，这种进化，实质上却是退化，是一种可悲的现象。）这一点，平冈是完全不知道的。他似乎依然认为代助像三年前一样天真幼稚，积习未改。他觉得向这样的公子哥儿毫无保留地袒露自己的弱点，其结果就等于向贵族小姐身上撒马粪一样，那会叫他感到如何吃惊啊。多一事不如少一事，还是保持沉默更保险些。代助这样揣度着平冈的心理。他看到平冈不肯回答自己的问话，只顾默默地走路，总觉得有点愚蠢。正如平冈把他当成小孩子看待一般，他现在也开始把平冈当作小孩子看待了，而且超出平冈之上。可是两人走

1　拉丁语，对任何事情都无动于衷的冷淡心理。

过这一段路程以后又交谈起来，这时，他们谁也不记挂刚才的事了。最初开口的是代助。

"你将来打算怎么办？"

"这个嘛……"

"以前干过一段，也许还是银行业务更合适些。"

"看情况办吧，说真的，我想跟你好好商量一下呢。怎么样，令兄公司方面是否有位置？"

"哎，托托他看，最近两三天总要回家办事的。不过很难说啊。"

"要是搞实业没有可能，我想到哪家报社去。"

"那倒也好嘛。"

两人来到电气火车路上，平冈看到对面开过来一列火车，突然提出要乘车赶回去。代助应了一声，既没有挽留也没有马上分手。他们来到立有红色信号杆的车站上。

"三千代怎么样？"代助问。

"谢谢，她还好，叫我代向你问候呢。今天本想带她一起来的。她说坐在火车上，一摇晃就头晕，所以留在旅馆里了。"

火车在两人面前停下了。平冈三步并作两步跑了过去，又被代助叫住了。原来他要乘的那班车尚未到达。

"小孩子太可惜啦！"

"嗯，真可怜。应该感谢你那时候的规劝。生下来死了还不如不生的好。"

"后来怎么样啦？一直没有再生第二个？"

"唉，现在什么也谈不上，身体不太好啊。"

"这样东跑西颠的，没有小孩子反倒方便些。"

"可不，像你这样孤身一人，也许更快活。"

"我是孑然一身呀。"

"不是开玩笑，你知道吗？我的妻子成天惦记着你到底娶没娶夫人哩。"

这时火车来了。

三

代助的父亲名叫长井得，这位老人在明治维新时参过战，至今身体仍十分壮实。他辞官之后，进入实业界，辗转经营，自然而然地积攒了些金钱，这十五年来，成了赫赫有名的大财主。

代助有个哥哥叫诚吾，从学校一毕业就进入父亲经营的公司，现在也占据着一席重要的位置。他的夫人叫梅子，生下两个小孩，老大叫诚太郎，十五岁；妹妹缝子比哥哥小三岁。

除了诚吾之外，代助还有个姐姐，嫁给了一位外交官，现在同丈夫一同待在西洋。诚吾和这位姐姐之间，姐姐和代助之间，各有着一位兄弟，这两人都早夭，后来，母亲也死了。

代助全家就只有这么多人了。住在外边的只是那位住在西洋的姐姐，以及最近才另立门户的代助。留在老家的老少共五口人。

代助每月必定回一趟老家拿钱去。他是全仗着父兄的金钱过活的。除了每月这一趟之外，有时觉得无聊，也回去逛逛。逗逗孩子，和年轻的佣人下下五子棋，或者同嫂嫂看完戏评论一番，然后再回到住处来。

代助很喜欢嫂嫂。这位嫂嫂是将天保时期和现代明治时期不同的社会特征浑然结成一体的人物。她专门委托住在法国的小姑为她代买昂贵的、有着古怪名称的丝绸寄回来，请四五个人裁成衣带穿在身上，后来，才知道这是日本出口的商品，结果闹了个大笑话。这事代助跑到三越陈列所[1]才调查清楚。嫂嫂还爱好西洋音乐，代助常常陪伴她去欣赏。她还很喜欢占卜，特别崇拜石龙子[2]和姓尾岛的人。代助曾有两三次伴同她坐车跑到占星师那里占卜吉凶。

诚太郎这孩子最近热衷于打棒球，代助回家，时常和他练投球。这是个有着奇特爱好的孩子。每年夏初，许多家烤芋薯店刚刚改成冷食店，虽然还没有到要出汗的时候，第一个跑去买冰棍吃的就是诚太郎。碰到没有冰棍，就买上一杯冰水喝，然后得意扬扬地回来。最近他还说，要是表演相扑[3]的体育馆建成了，他便头一个跑进去观看。他还向代助打听过，有没有人会表演相扑。

缝子这姑娘，不管问她什么，她总是回答"我喜欢"，或者"你不懂"。她一天里要换上几次彩带子。近来，出外学习小提琴，一回家就练上一阵，发出杀鸡般的声音。但有人在的时候，她是坚决不拉的。平时总是一个人关在屋子里，吱嘎吱

1　中央区日本桥三越服装店的旧称。
2　江户时代起世代相传的有名的观相家。
3　日本十分流行的一种摔跤活动。

嘎地练习，父母都以为她进步很快。只是代助有时悄悄地推开门看看，她就嚷道："我喜欢，你懂什么！"

哥哥经常不在家，尤其是到大忙时节，只在家里吃一顿早饭，其余的时光他是如何度过的，两个孩子一点也不知道。代助同样毫无所知，他也并不想知道，除非不得已，他决不想打听哥哥在外面的生活情况。

两个孩子对代助特别好，嫂嫂也很亲近他。哥哥对他如何，则不得而知。有时兄弟俩偶然碰到一起，只谈些世俗人情，而且双方都是平常一样的表情，习惯于板着面孔谈些陈词滥调。

代助最感头痛的是亲老子。岁数正值壮年，就有了年轻的小老婆，这也无关大局。代助甚至是赞成的，他仅仅谴责那些无力纳妾而偏要千方百计娶小老婆的人。他的老子很爱唠叨，代助小时候，有些事被父亲弄得不知所措，使他终生难忘。现在成人了，当然不必什么都听父亲的。代助担心的是，父亲把自己的青年时代同儿子现在所处的时代混同起来，认为没有多大变化。基于这种想法，觉得自己当年心里想做的，代助也肯定想做，要不，就认为儿子撒谎。当然，代助没有反问过父亲，究竟是哪些事欺骗了他。所以决不会吵起来。代助小时候非常爱动肝火，十八九岁的时候，甚至和老子打过一两次架。长大以后从学校毕了业，脾气顿时小多了。打那以后，从未跟谁生过气。老子暗暗为之高兴，相信这都是接受自己熏陶的结果。

实际上，老子的所谓熏陶，只能使父子间缠绵而温暖的感情逐渐冷却。至少代助是这样看的。然而父亲心里的想法，却和他完全相反。不管怎样，他们是父子骨肉，儿子对父亲天生的情分，不会因为教育方法有所改变而产生变化。为了教育好孩子，即使在方法上有不妥之处，也决不会影响父子的恩爱之情。受到儒教感化的父亲，对这一点确信无疑。是他使得代助生存到这个世界上的，单靠这一个简单的事实，一切痛苦和不快，都会化成永恒的父子之爱。他就是抱着这个坚定的信念大胆行事的。他生下了一个对自己十分冷落的儿子。当然在代助毕业前后，他对儿子的态度大大改变了，某些方面，甚至出乎意料地宽厚起来。然而，这只不过是父亲打从儿子一生下来就制订好的整个程序的一部分而已。这不是恰当的处置方法，因为他并没有看透儿子心情的变迁。至今他仍然丝毫没有觉察到自己的教育给儿子带来的恶劣影响。

父亲为自己参加过战争颇感自豪。动辄就数落道你们没有打过仗，胆子不壮，那怎么成？在他看来，似乎有了胆量，人就有了至高无上的能力。代助每当听到这话，打心眼里感到腻烦。他认为父亲年轻的时候，处在那样野蛮的时代，一个人的胆量也许就是他生命赖以存在的必要条件；然而在文明的今天，胆量同那些弓刀剑戟等陈旧的兵器没有多大差别。而且，代助感到，胆量是同当前的时代势不两立的，比胆量更可宝贵的是要有高超的能力。而今，父亲又开始他的说教了。代助和嫂嫂在一起谈笑说，照父亲的说法，世上只有土地爷的石头像是最伟大的了。

代助不用说有些胆小，可是他并不因胆小而羞愧，有时他甚至以胆小而自居。孩提时代，父亲特意叫他半夜里到青山墓地走一趟。代助战战兢兢地在那里待了一个小时，便再也受不住了，脸色惨白地回到家里。为此，他自己也很后悔。第二天，父亲取笑他的时候，他讨厌起这个老子来。听父亲说，当年有个跟他同时代的少年，有着这样的习惯：为了锻炼胆量，半夜里整装攀登皇城北面一里[1]路的剑峰山，独自一个人到达了最高点，在那里的十字路口的佛堂里过了一夜，天明看了日出才回来。父亲说，如今青年们的想法同他大不一样了。

　　看到父亲又要一本正经地谈论这些往事的时候，代助觉得他很值得同情。代助讨厌地震，一瞬间的摇动就会使他心惊肉跳。有一回他静静地坐在书桌前，感到地震从遥远的地方传来，晃动了几次。于是，屁股底下的坐垫、铺席乃至地板都明显地震动了。他相信这是自己本能的感觉。在代助的头脑里，像父亲这类人物，只能是神经未成熟的野人，再不然就是故意装作糊涂。

　　代助此刻正和父亲面对面坐着。屋子狭小，而屋檐却伸得很长，坐在屋里向外面望去，院子似乎被屋檐隔成两半，至少是看不见多少天空的。然而，却显得宁静、素雅，坐在这里心情很舒畅。

　　父亲抽着旱烟，他把带着长柄的烟盘拉到自己面前，不时地向里面磕着烟灰，那嘭嘭的声音震荡着寂静的院落，十分动听。代助的手炉里放着四五支镶着金纸的香烟，他已经对那种从鼻孔冒烟的吸法感到厌烦了，抱着胳膊，一直瞧着父亲的脸。那张脸上的肉还算不少，只是面颊清瘦些。浓眉下的眼皮也松弛了。胡须全白了，甚至有些发黄。他有个习惯，跟人家谈起话来，一会儿看看对方的膝盖，一会儿看看对方的面孔。他的眼睛有时微微斜睨着，闪动一下白眼珠，叫人家怪不自

---

[1] 日里，约合四公里。

在的。

老人说：

"人总不能光为自己打算，也要想想社会，想想国家。丝毫不为别人做点什么的人，他的心情也不会好。你成天这样游游荡荡，哪里会有舒畅的时候。社会上那些没有教养的下等人，又当别论，你是受过高等教育的啊，绝不该游手好闲地混日子。你把学过的东西加以实地运用，才能从中得到乐趣。"

"是的。"代助回答。每当听老子说教的时候，他都穷于回答，想好歹对付过去了事。代助认为父亲的想法毫无意义，因为他往往在事情刚刚做了一半就随便作结论，下定义。今天是利人的，说不定什么时候就变成利己的了。说起话来滔滔不绝，冠冕堂皇，然而却些不得要领的空谈。但是要想彻底打破他的观点，那是异常艰难的事情。所以谈话总是不了了之。代助从一开始就尽量回避。但是，父亲总把代助当作自己太阳系里的一颗行星，坚信自己有权利永远控制着他的轨道。代助本人也不得不彬彬有礼地围绕着老子这个太阳运转。

"你讨厌实业，这不要紧。不是说为了日本就要拼命赚钱，不要钱也没有关系。整日价谈论着钱不钱的，你心里也不会高兴的吧。今后，我照样供给你。我也不知道自己什么时候死，人死了总不会把钱带走的，不管怎样，我月月都可以负担你的生活用钱。所以你应当奋发有为，为国民尽点义务。已经三十了吧？"

"是的。"

"三十岁了，还游游荡荡，无所事事，总不大光彩吧。"

代助决不想过游手好闲的日子，他只是考虑着那些不为寻找职业而苦恼、有着充裕时间的上等人种同自己的差别。父亲每逢谈到这件事，他心里就感到难过。因为他毕竟度过了有意义的日月，他的这种努力在思想情操上正要开花结果。关于这一点，在父亲幼稚的头脑里，没有得到丝毫的反映。

"嗯，是有些难为情。"代助只好一本正经地应和着。老人本来把代助还当成孩子看待，听到这句回答，觉得儿子仍然年幼无知，不懂世故，实在看不顺眼。然而哥儿毕竟大了，也只好随他去吧。想到这里，又觉得代助说话的语气平静，既不腼腆，也不怯懦，态度极为寻常。这小子实在拿他没办法啊。

"身体还算结实吧?"

"近两三年，从未得过感冒。"

"头脑也不笨，学习成绩还可以，是吗?"

"嗯，是的。"

"所以说闲着没有事干太可惜啦。哎，有个人时常到你这儿来聊天，我也碰见过他两次。"

"是平冈吗?"

"对，是平冈。听说这人头脑不太灵活。一毕业就不知跑到哪里去了。"

"他遭到挫折，又回来了。"

老人禁不住苦笑着问:

"怎么啦?"

"还不是为了维持生计。"

老人弄不明白这话的意思，反问道:

"他干了什么不体面的事啦?"

"他也是想做一些理所当然的事，结果仍然失败了。"

"啊，"老人有些提不起劲来了。不一会儿就改变调子谈论起来，"青年人，失败乃是常有的事，这完全是由于诚实和热情还不足的缘故。我长这么大年纪，积多年之经验，认为没有这两者，做什么都不会成功的。"

"因为有了诚实和热情，反倒吃亏上当，也是常有的吧？"

"不，不会的。"

父亲的头顶上，悬挂着一块光闪闪的匾额，上面写着"诚者天之道也"几个大字。据说这是请上辈一位旧藩主书写的。父亲特别珍爱它。代助却十分讨厌，那第一个字，他就看不惯，对这句话，也觉得别扭。他甚至想，应当在"诚者天之道也"的后边，加上"而非人之道也"的字样才好。

昔日正值藩府财政疲弊，不堪收拾的时候，长井充当整顿的大任。他邀集两三名同藩侯有旧交的町人，在他们面前解刀俯首，请求临时借贷，他并不知道将来能否偿还。他对此直言不讳，结果取得了成功。为此，特请藩主写了这个匾额。而后，长井一直把它悬在自己的起居室里，朝夕观览。代助不知听父亲讲过多少遍这个匾额的来由。

据说十五六年前，旧藩主家里月月超支，好容易扶植起来的经济，再度出现崩溃的局面，长井再次受命，利用先前的办法重整旗鼓。当时，长井亲自为浴池烧水，发现柴禾的实际消耗同账面记载不相符合，他由此深入调查，卜昼卜夜，呕心沥血地工作，在一个月之内，终于找到了理想的办法。打那以后，藩主家的生活又富裕起来。

长井过去有着这样一段历史，除此之外，他再也没有干过一件超出这段历史的事来。所以不管做什么，他都强调诚实和热情。

"你总是缺乏诚实和热情，这究竟为什么？不行呀，这样下去将一事无成。"

"诚实和热情有是有，可就是用不到人事上面来。"

"那是为什么？"

代助又穷于回答了。照代助看来，诚实也好，热情也好，都不是装在肚子里的现成东西，它应该是当事者两人很好合作、互相信任的产物，如同石头和铁块碰撞，爆发出火花一样。与其说是自己固有的品性，毋宁说是精神交换的结果。因此，如果对方不好，也就产生不了什么诚实和热情。

"父亲读过《论语》和王阳明的书，才囫囵吞枣地讲出这些道理来的吧。"代助沉默了一阵后说。

"囫囵吞枣？"

"就是囫囵吞枣嘛。"这个好钻书堆、感情偏激、不通世故的青年，说出了这样一个不得要领的警句，长井尽管感到新奇，却不敢同他深谈下去。

此后约莫过了四十分钟，老人换下和服，穿上礼服，乘车到什么地方去了。代助送到大门外，又返回来，打开客厅的门进去了。这里是新近增建的西式建筑，室内大部分摆设，都是根据代助的主意，特地请专家定做的。尤其是顶部木格窗周围的花纹，是请自己的旧交——一位已故画家，同他进行种种磋商之后画成的，因此显得更有意义。代助站在屋内像观赏一轴摊开的画卷一般。眼前的花纹向两边延伸开去，不知为什么，那色彩似乎远比先前看到的逊色得多。他想也许是自己的错觉，正要一点点仔细玩味的时候，嫂嫂突然进来了。

"哎呀，在这儿哪！"她叫道，"我的梳子是否丢到这里啦?"梳子正好掉在沙发腿旁边。她说昨天借给了缝子,她不知道丢在哪儿,正到处寻找呢。嫂嫂用两手按着头,将梳子插在发髻上,白了代助一眼,逗他道:

"干吗像只呆头鹅似的!"

"刚刚听父亲训话呢。"

"怎么?又挨骂了吧?快回去吧,真不机灵。也怪你不好,一点都不照父亲说的去做。"

"我在父亲面前没有还嘴,万事还是忍耐些为好。"

"所以就更糟啦,当面俯首帖耳,过后就是不照着办。"

代助笑笑,闷声不响。梅子在椅子上坐下,面朝着代助。她是一位身材苗条、肤色微黑、浓眉毛、薄嘴唇的女人。

"哎,请坐呀,我有些话要跟你说。"

代助依然站立着,望着嫂嫂的身影。

"今天倒加了一件挺好看的衬领嘛。"

"这个?"

梅子紧缩着下巴颏,皱起眉头向下望着,她很想再瞧瞧内衣的领子。

"最近买的。"

"颜色很美。"

"哎,还是别管这个吧,坐到这儿来。"

代助在嫂嫂的对面坐下来。

"好,我就坐下。"

"今天都说了些什么?"

"说了些什么,我也不得要领。父亲说他还要为国家和社会尽力,这使我很惊讶,从十八岁到现在一直都在尽力啊。"

"所以他才取得这样大的成就。"

"为国家和社会尽力，要是能像父亲那样赚那么多钱，我也愿意干。"

"所以不能闲着不干事，得找个差事做。你只想躺着要钱，好狡猾呀。"

"我没有一次向人要过钱。"

"不要？但总是要花的，还不是一个样？"

"哥哥说什么了？"

"哥哥都发呆了，他什么也没说。"

"他够厉害的。不过，哥哥比父亲更了不起。"

"为什么？你那样骂他，又那样捧他，你就这点不好，一本正经地尽拿人开玩笑。"

"是这样吗？"

"什么这样那样的，还是问问自己吧，好好想想看。"

"我一到这儿来，就变得跟门野一样，真糟糕。"

"门野是谁？"

"就是我那里的学仆，别人问起他什么，总是反问说'是这样吗？是这样吗？'的。"

"那个人吗？倒挺有意思呢。"

代助煞住话头，顺着梅子的肩头，从窗帘缝里，窥探着晴朗的天空。远处有一棵大树，满树绽放出鹅黄色的幼芽，柔嫩的树梢，直连着天际，宛若迷蒙的细雨交织而成的一团烟雾。

"气候转暖了，到什么地方赏樱花去吧。"

"走吧。我一去你可得说啦。"

"说什么？"

"父亲给你讲的那些事。"

"他说了许多，我怎么能一一记得起来呢，我的脑袋记不住啊。"

"你又装糊涂啦，我全知道。"

"那么我来问你。"

梅子带着几分骄矜的口气说：

"你最近变得嘴硬啦。"

"我是不如嫂嫂那样俯帖，唉，你今天倒挺消停的，怎么啦？孩子们呢？"

"他们上学去啦。"

一个十六七岁的女佣，推门进来，她说老爷要太太接电话，说完等着梅子的回答。梅子立刻站起来，代助也跟着站起来。他正想跟着走出去，梅子回过头来说：

"你在这里等着，我有点事给你说。"

嫂嫂这种命令式的言语，代助听来总觉得挺有意思的。他送走梅子之后，又坐下来，再一次瞧着天窗周围的花纹画。好一阵他仿佛觉得那色彩并不是涂在墙上，而是从眼球里飞过去，紧紧黏附上去的一般。最后，就像眼里能飞出色彩一样，他甚至觉得对面画上的人物、树林都能随着自己的心意而变化。代助凭着自己的想象将那些画得不好的地方，重新更换了颜色，使之变得更加完美。他被眼前的五颜六色包围了，神情恍惚地坐着。这时梅子回来了，代助又立即恢复了常态。

他问起梅子究竟要谈什么。原来又是为了自己的婚事。代助从学校毕业之前，梅子就张罗给他说媳妇，又看照片，又相面，一个个都不中他的意。起初还讲些好听的话婉言拒绝，从两年前起，居然厚着脸皮专挑对方的毛病。什么嘴巴和下巴颏不相称啦，眼睛和面孔不成比例啦，耳朵长得不是地方啦，等等。总是拿一些奇谈怪论非难人家。梅子转念一想，代助寻常从不讲这样的话，或许自己有些操之过急，热情过度，才使得他放纵起来，故意为难自己吧。不如先把这事撂在一边，等代助主动上门相求再说。主意已定，她打那时起再不提说亲的事。谁知直到今天，代助还是那副老样子，一点摸不透他的心思。

正在这时候，父亲出门旅行回来了，他给代助找了一门亲事。他和这家原系至交。代助没有回家前两三天，梅子已经听父亲提起过，她想，今天父亲肯定给他说了。实际上，代助这边根本没听老人提起过结婚的事情。老人招呼代助，也许想讲明此事，但看到代助那个态度，心想还是暂时不提为妙，结果故意把话题岔开了。

代助和这个对象有着特殊的关系，他知道她的姓，但不知她叫什么名字，至于年龄、相貌、教养和性格更是一无所知。然而他却很清楚这个女人是有着怎样的关系才被选作自己的对象的。

代助的父亲，有个哥哥名叫直记，只比父亲大一岁，个子也比弟弟矮小。两个长得一模一样，不知底细的人往往误认为是一对孪生兄弟。那时候代助的父亲也还没有取"得"这个号，只是有个乳名，叫诚之进。

直记同诚之进这对兄弟相貌相似，性格也完全一样。两人除非有特别的情况之外，只要可能，总是形影不离，共同做着一件事情。上学时同来同往，读书时同用一盏灯，关系十分亲密。

直记整十八岁那年秋季。一天，父亲打发两人到城外的等觉寺办一件事。这是藩主的菩提寺，那里有位叫楚水的和尚，同他们的父亲是至交，父亲叫兄弟两个送一封信给楚水。内容很简单，只是请他来下围棋，用不着写回信。楚水留住他们一直谈得很晚，天黑前一小时才让他们离开庙门。当天正赶上什么节日，大街上熙熙攘攘。他俩分开人群，急急忙忙赶回家去，当刚要拐进一条横街的时候，同河对岸走过来的一个人碰了面。这人向来同兄弟两个关系不好，这时又带着几分酒意，双方没有争辩几句，他就蓦地拔刀砍了过来。对方是冲着哥哥的，弟弟不得已也拔刀相助。这个人平时被认为是个大恶棍，尽管喝得酩酊大醉，力气仍然很大，要是袖手旁观，哥哥准要吃亏的。因此，弟弟拔出刀来，兄弟两个七手八脚就把那人杀死了。

按照当时的规矩，武士杀死武士，杀人者必须剖腹自殉。兄弟俩带着这个打算回到家里。父亲也决心亲自为剖腹的两个儿子砍断头颅。不巧，母亲应邀到亲友那里过节去了，不在家。父亲出于人之常情，赶快去接她回来，好让两个儿子死前再见见母亲。在母亲回到家里之前，他一边训诫儿子，一边叫他们准备好剖腹用的坐垫，尽可能挨磨时光。

母亲去做客的这一家是远房亲戚，姓高木，是颇有势力的豪门望族。这下子可好了，当时由于社会的变化，有关处罚武士的法令不像从前那样严格了，何况被杀的一方又是臭名远扬的无赖青年。高木伴同母亲来到长井家，劝父亲等一段时期再说，在对方未公开起诉之前，先不要处置儿子。

高木为之奔走开了。他首先说服了家老[1]，然后再通过家

---

1 封建诸侯的家臣之长。

老说服了藩主。另外被杀者的父母又是通达事理的人，平常对儿子的恶迹感到非常苦恼。再说，当时也是自己的儿子先动手的，对方拔刀抵挡也是自然的事。在他们知道真相之后，就没有对宽大处分长井兄弟这件事再提什么控告。两人暂时躲在一间屋子里，以表"慎独"之意，不久就悄悄舍家外出了。

三年后，哥哥在京都为浪人所杀。第四年，天下改元明治，又过了五六年之后，诚之进将双亲从故土接到东京，成了亲，取一个"得"字作为自己的号。当时，救过自己命的高木已经死去，家业由他的养子继承。诚之进再三劝他到东京来寻求仕宦之道，他没有听从。这个养子有两个孩子，男的到京都考入同志社[1]，毕业以后，听说在美国住了很长时间，现在神户经商，成了显赫的资本家。女的嫁给了县下的一个大户人家做媳妇。代助的这个对象，就是这户人家的女儿。

"这亲事真复杂啊，我都感到很惊奇。"嫂嫂对代助说。

"你不是听父亲说过多次了吗？"

"他总不提娶媳妇的事儿，我也听过就算了。"

"我不知道佐川倒有这样一个女儿。"

"把她娶来吧。"

"你同意吗？"

"当然同意，这是前世姻缘哪。"

"这个祖上的姻缘，还不如我自己选中的姻缘好呢。"

"啊，你有这样的意中人啦？"

代助苦笑着未作回答。

1　同志社大学的前身，是新岛襄于1875年创设的基督教会的私立学校。

四

　　代助刚刚读完一本薄薄的西洋书，他把书摊着放在桌面上，两肘支住下巴，呆呆地沉思。代助的头脑里，被小说最后的场面填满了：远处冷清清地有些树，后面有两盏小提灯无声地闪动着光亮。绞刑架就在那里，犯人都在暗处。有一个人说道："我掉了一只鞋，好冷。""什么？"另一个人问。"我掉了一只鞋，好冷。"那个人又把话重复了一遍。"M在哪里？"有人问。"在这里。"一个人回答。透过树林，可以看到白色平静的水面，从那里吹来湿漉漉的冷风，G说那就是海。不一会儿，借着灯光看到了判决书，看到了拿着判决书的白手（没有戴手套）。一个声音响着："念一念吧。"这个声音是震颤的。不久，灯光消失了。……K说："只剩下一个人啦。"说着长叹了一声。S死了，W死了，M也死了，现在就剩下他一个人了。……

　　太阳从海上升起。他们把尸体装上一辆车子，拉走了。变得又细又长的脖颈，迸出来的眼球，布满花朵一般血泡的嘴唇，血淋淋的舌头，所有这些，都装在车上，沿着来时的道路拉走了。……

代助的脑子里反复回想着安德烈夫[1]的《七个被绞死的犯人》里最后一幕，他不由得感到毛骨悚然。这时，他最担心的是，假如自己碰到这种事怎么办呢？想来想去，还是不能死。自己要是硬被杀了，那是多么残酷！代助凝神坐在那里，设身处地地想象着，一个人当他徘徊在生的欲望和死的压迫之间的时候，心里该是多么苦闷啊。他想到这里，浑身的汗毛都竖了起来，他再也不敢继续想下去了。

他的父亲给人谈起十七岁的时候杀死过一个武士，为此自己也决心剖腹自尽。听父亲说，那时他想先为伯父断头，再请祖父为自己断头，他是完全会这样做的。每当父亲谈起这件事来，代助不但不感到父亲有什么了不起，反而觉得听了他的话叫人很不愉快，再不然就认为他在撒谎。代助觉得，好撒谎骗人这一点倒很像自己的父亲。

不光父亲，祖父也有过一段故事。祖父年轻的时候，在学习击剑的同门弟子中，有个人武艺高强，因而受到别人的妒忌。一天夜里，这人在沿着田间小道回城的路上，被人暗杀了。当时，头一个跑去的是代助的祖父。他左手提着一盏灯笼，右手拿着刀，他用刀尖撩拨着尸体，喊道："军平，挺起来，你的伤不重啊！"

伯父在京都遇害的时候，先是有个蒙着头巾的人闯进旅馆

1　Leonid Nikolaievich Andreev（1871—1919），俄国作家。

来，伯父从二楼房檐跳到院子里，不幸被石头绊了一跤，倒在地上。那人朝他狠狠地砍了几刀，脸都变得血肉模糊了。伯父被杀前十天光景，半夜里曾经披着斗篷，打着伞，赤着脚，冒雪从四条巷回到三条巷去。当时距旅馆还要走两个胡同。突然后面有人喊了一声："长井直记先生！"伯父没有回头，仍然打着伞，来到旅馆门口，推门走了进去。然后，又哗啦一声把门关上了，向外面问道："敝人就是长井直记，你找我有何贵干？"

代助每当听到这个故事，与其说心里增强了勇气，不如说先有几分害怕。本来是想借此给他壮壮胆子的，不料反而嗅到了刺鼻的血腥味。

如果死是容易实现的，那么它应当发生在一个人精神失常达到顶点的瞬间，这正是代助所一直期待的。然而他不是个感情冲动的人，尽管他的手脚发抖，声音震颤，热血上涌，但他几乎从来没有激动过。他亲眼看到，一个人情绪激动的时候，就会跟死亡靠得更近一些，也是最容易死的时候。他曾经怀着好奇心，想试着使自己的情绪激动一下，结果全失败了。代助每当进行自我解剖的时候，把现在的自己和从前的自己两相对照，觉得简直判若两人了，对这一点，他不能不感到震惊。

代助合上桌面上的书站起来。廊缘旁的玻璃窗微微开启着，和暖的风不断从缝隙里吹进来。花盆里的雁来红在风中摇曳，太阳照在又大又红的花瓣上。代助弯下腰，向花丛里窥视着。他从柔弱而细长的雄蕊上取下花粉，小心翼翼地涂在雌蕊上。

"花里有蚂蚁了吗？"门野来到房门外，他穿着外褂。代助仍然弯着腰，这时他扬起脸来。

"去了没有？"

"嗳，去过啦。听说明天就要搬走了，他说今天正要来拜访您的。"

"你说谁？是平冈吗？"

"嗯，是的。看来他真够忙的，和先生大不一样。蚂蚁要用菜油浇，等它受不住了爬出来，再一只一只地捉住杀死。还是让我来捉吧。"

"不是捉蚂蚁。我去问过花匠，他说，趁着天好，取下花粉涂在雌蕊上，就能很快结籽，眼下没事正照着他的话办哩。"

"可不是，世界总算进步啦。不过盆景是好东西，又漂亮，又养神。"

代助觉得门野太爱管闲事了，没有搭理他。

"不要贫嘴薄舌的。"过一会儿，代助直起身，到走廊旁边的安乐椅上坐下呆然沉思。门野讨了个没趣，只得回到自己靠近大门的三铺席半的屋子里。他刚要拉开格子门，又被叫回到廊缘边来。

"平冈说他今天要来吗？"

"嗯，他说要来的。"

"那我等着他。"

代助不打算外出了。本来，他最近一直记挂着平冈呢。

平冈上次到代助这里来的时候，已经是个无处安身的人了。当时他跟代助说，有两三个地方自己觉得还算合适，眼下正打算向那方面活动。这两三个地方联系得怎么样了？代助几乎毫无所知。代助曾经到神保町的旅馆去过两次。一次平冈不在，一次在是在，只见他穿着西服，站在房子里，言辞激烈地呵斥妻子。代助没有人陪伴，他沿着走廊打平冈房前穿过的时候，突然清楚地看到这个情景。这时平冈转过身来。"啊，是你呀！"他打了声招呼。看那脸色，那表情，丝毫找不出快活的影子。夫人从屋内探出头来一看到代助，白皙的面庞顿时变红了。代助不由得为难起来。他听到平冈敷衍地邀他进去，就说自己没有什么事，只是随便走走。

"你要出去，咱们一同走吧。"代助说着，就退了出来。

平冈向代助诉苦说，他想快点找个栖身之所，因为太忙，始终未能如愿。他想暂时租借一下旅馆，不是客人没走，就是正在刷房子……

平冈一直谈到乘上电车同代助分手时为止。代助看他挺可怜的，答应房子托自己的学仆代为寻找，现在正是萧条时期，总有很多房子空下来的。说完就回来了。

接着就按两人约定好的那样派门野去找房子。门野一去，就很快看好一个地方。代助又叫门野陪同平冈夫妇实地察看，听说他们也表示满意。后来代助又叫门野跑了一趟，一来要通知房主，二来再去核实一下，究竟租不租，如果不合适还可以另寻他处。

"你告诉过房主决定租用了吗？"

"嗯，回来时我通知他了，说平冈夫妇明天就搬进去。"

代助坐在椅子上，重新思考着再次迁来东京的这对夫妇的未来。平冈和三年前他们在新桥分别时大不一样了。好比在生活的楼梯上，有一两次滑了脚，在未达到高处的时候便摔下来了。说幸运也是幸运，他没有受到重伤，也没有为世人所注意。然而他的精神状态确实失常了。代助同他一见面，马上觉察到这一点。可是，代助想到自己三年来的变化，又觉得自己对平冈的印象正是用自己的这种心情体察对方而得到的反应。然而他一想起那次到平冈的旅馆去，没有进屋就同平冈一起出来的情景，想起他的言语举动，就又不能不回到原来的结论上去。当时平冈的脸上闪现出顽强的神情，他那经受过强烈刺激的眉毛、眼睛，丝毫不回避风沙的袭击。而且不管谈到什么事，语调总是那样缓慢而低沉地震动着代助的耳膜。在代助看来，平冈就像一个呼吸微弱的病人，一边吮吸着苦涩的葛粉茶，一边不停地喘息着。

"看他那股焦急劲儿。"代助目送着飞快跳上电车的平冈，口里嘀咕道。他想起了平冈那个抛在旅馆里的妻子。

对平冈的妻子，代助从来没有叫过他夫人，总是像结婚前一样，依然称呼她的原名三千代。代助同平冈分手后又折回来，他想到旅馆里见见三千代，彼此交谈一番。然而他没有去。代助停住脚步思索着，虽然现在自己不抱有任何恶意，但出于自责，还是作罢了。他想，只要鼓起勇气来，还是能够去的，只是要拿出这点勇气，对他说来已经是够痛苦的了。就这样，他回到了家里。人虽说回来了，但情绪一时安定不下来，心里总有些异样的感觉，仿佛缺少了点什么。于是，他又出去喝酒了。代助酒量很大，要喝多少能喝多少，尤其在这样的一个晚上，他更无所节制了。

"我那时到底怎么啦？"代助靠在椅背上，比较冷静地自我反省起来。

"什么事吗？"门野又出现了。他脱掉了外褂，脱掉了袜子，光着一双白嫩嫩的脚丫。代助默默地瞧着他的脸，门野也同时瞧着代助的脸，两人对视了一会儿。

"哎呀，你不是喊我来的吗？真是，真是。"门野说着回去了，代助并不感到有什么奇怪。

"阿妈，他没有叫我，怪不得，我总感到不对劲儿，又没有听到他拍手，也没有听到别的什么声音。"厨房里门野和老妈子在谈话，接着传来了一阵笑声。

这时盼望已久的客人上门了。在外候客的门野，带着意外的表情走进来，凑近代助悄悄地说："先生，来的是夫人。"代助默默地离开椅子，走进了客厅。

平冈的妻子是个肤色白皙的女人，她乌黑的头发，瓜子脸，眉目清秀，一看，总带些凄凉的表情，宛如古老的风俗画里的人物。她来到东京以后，气色似乎更加不好了。代助在旅馆里初次见到她的时候，就有些惊讶，还以为是坐了很长时间的火车，颠颠簸簸疲劳尚未恢复过来的缘故。再一打听，才知道事情并非如此，原来她一直都是这副样子。代助有些可怜她了。

三千代离开东京以后第一年就生产了。孩子一生下来就死了。此后，她发觉心脏疼痛，健康情况有些不妙。起初还不当回事，谁知久病不愈，请医生诊断，也说不清楚。再细问下去，就推说也许是一种名称古怪的心脏病。倘若真是这种病，那就是心脏流向动脉的血，一部分又倒流回来。医生说这是一种很难根治的绝症。平冈听了也大吃一惊，想了各种办法，悉心调养，一年来情况大有好转，面色也逐渐恢复，显得光润多了。她自己也挺高兴。谁知在回东京前一个月光景，血色又不好了。不过，据医生说，这回不是由于心脏造成的。心脏固然不那么有力，但也没有比从前恶化。经诊断，认为瓣膜的作用绝对没有受到阻碍。……以上都是三千代亲自对代助说的。代助此刻瞧着三千代的面孔，心想，她的病莫非是因为某些烦恼造成的吧。

三千代有一双美丽而修长的眼睛，轮廓鲜明的双眼皮。当她出神地凝望着什么的时候，那副明亮的眸子，显得特别大。在代助的眼里她是个美目流盼的女子。三千代出嫁之前，代助常常看到她的这种眼神，直到现在还给他留着深刻的印象。只要他的脑子里一浮现三千代的面影，首先想到的就是那双乌黑明澈、含情脉脉的大眼睛。

三千代从走廊里由人陪伴着进了客厅，在代助对面坐下来。一双洁白的手叠放在膝头。下面的手戴着戒指，上面的手也戴着戒指。上面的戒指金丝框里嵌着一颗大珍珠，是当今最时兴的。这是三年前结婚的时候代助作为贺礼送给她的。

三千代抬起头，代助立即认出了那副眼神，他不由得眨了眨眼睛。

她说，火车抵达这里的第二天，本来该和平冈一道来拜访的，因为心绪不好，没有来。自那以后也没有单独来访的机会，所以一直耽搁了。今天正好有空。……说到这里，她突然想起什么似的转换了话题，抱歉地说上次代助看望他们时，恰巧赶上平冈要出门去，实在有些过意不去。

“你要是等一会儿该多好。”她的话语带着女性的温存，然而调子却是沉郁的。代助看到她这副模样，不由得联想起她的过去。

“看来，你们挺忙的。”

“哎，忙是忙，不过还好。你那次来，实在太见外啦。”

代助想问问他们夫妇之间究竟发生了什么事，但终于没能开口。要是平时，按照他同三千代的关系，他完全可以半开玩笑地问她："你干了什么坏事？受到那样的训斥，看，脸都红啦。"……然而，当他听到三千代柔媚的话语，是想把当时的一切掩饰过去的时候，不由得泛起了怜悯之情，他哪有心思再去开玩笑呢。

代助点着香烟，衔在嘴里，头靠在椅背上，和缓地说：

"好久未见面了，一道去吃顿饭吧。"他感到自己的态度，也许能给这女人带来一些慰藉。

"今天我有很多事，不能久待。"三千代说着，微微露出了金牙。

"哎，没关系嘛。"

代助把双手放在脑后，手指和手指扣在一起，瞧着三千代。三千代俯首从腰带里掏出一只怀表来。这是代助送她珍贵戒指的时候，平冈特为妻子买的。代助还记得，当时她同平冈一起到一家商店里各自买完东西出来，跨出门槛的时候，两人彼此相对着笑了笑。

"哎呀，都过了三点啦，我还以为两点左右呢。路上还要办点事啊。"三千代自言自语地说。

"干吗那样急？"

"嗯，我得早些回家。"

代助从头上松开手，弹了弹烟灰。

"三年来，都离不开家啦，真没办法。"代助笑着说，然而语调里却流露出几分凄苦的情绪。

"对啦，明天不是要搬家的吗？"

三千代的声音忽然变得明朗了。代助本来把搬家的事忘得一干二净，这时听到对方欢快的话语，自己也被感染了，于是，进一步追问道：

"等搬家以后，可以时常到我这里来啦。"

"那……"三千代一时不知说些什么好，脸上现出困惑的神情。她低头看看地面，又仰起头来，面颊微微变红了。

"我这次来有件事相求。"

头脑敏锐的代助，一听三千代这句话，就马上猜透了她的心事。在从平冈到达东京的那一天起，代助就下意识地感到迟早会碰到这个问题的。

"什么事？别客气，说吧。"

"不知能否借点钱出来。"

三千代说起话来，完全像小孩子一般天真无邪，然而两颊仍是红润润的。代助看到这女人如此感到难为情，对平冈的境遇越发怜悯起来。

谈话渐渐深入了。代助才弄明白，明天搬家和置办家具都不需要借钱。他们辞掉银行工作的时候，还欠下三笔借款，其中有一笔无论如何得在到达东京后一周内马上还清。因为有些特别的原因，期限定得死，不能像另外两笔一样可以向后拖一拖。平冈从到达东京的第二天起，就为这笔钱东奔西跑，一直没有弄到手，不得已只好叫三千代到代助这里来告贷。

"是借支行行长的钱吗？"

"不是，要是他的，往后拖延一段时间倒没有什么，可这一笔不能不立即想办法还清，因为关系到今后在东京的生计。"

代助终于搞清楚了其中的原委。一问金额，五百日元出头。代助忖度开了，其实，自己手头一文都没有。代助这才感到平时自己用起钱来，似乎没有发生过什么困难，但实际上却是一个最不自由的人。

"怎么借那么多钱呢?"

"所以提起这事儿我也挺难受的。怪我不好，因为自己有病。"

"全是医药费吗?"

"不是，医药费是有限的几个钱。"

三千代没有说下去，代助也没有勇气再问了。他只是望着她那苍白的面庞，从那里朦胧地感到了一种对未来的不安情绪。

五

　　第二天一早，门野雇了三辆货车，到新桥车站为平冈取行李。本来早就运到了，只因住房一直没有着落，所以拖到今天。代助算了一下，路上往返加上取货的时间，足足要花上半天的工夫。为了不误事，代助从一起床就提醒门野早点出发。门野操着平常那副腔调说没关系。他是一个没有什么时间观念的人，就这样随便回答了一句。听到代助仔细一讲，这才明白过来。代助还叮嘱他，把行李送到平冈住地，帮助他把一切都安排妥帖之后再回来。门野连连答应，请代助放心，说完就高高兴兴地出门了。

　　代助读书一直过了十一点，他忽然想起有个叫邓南遮[1]的人说过，要把自己的屋子装饰成红、蓝两种颜色。邓南遮认

1　Gabriele D'Annunzio（1863—1938），意大利作家兼诗人。

为，生活的两大情调，正是存在于这两种颜色之中。因此，凡是使精神兴奋的房间，如音乐室和书斋，都要尽量涂成红色。相反，凡是需要养心安神的地方，都要涂成浅蓝色。看来这位诗人运用心理学家的理论，使自己的好奇心得到了满足。

代助感到奇怪，像邓南遮这样容易接受刺激的人，为什么还强烈地追求这种叫人见了易于激动的红色呢？代助自己每每看到神社前的牌坊，心情总感到不快。如果可能，哪怕光是头脑也行，他真想在绿意荡漾的缥缈境界里安安静静地长眠。在一次展览会上，他看到一位姓青木[1]的人，画了一个站在海底下的身材颀长的女人。众多的展品里，代助认为惟有这一幅最为动人。他自己渴望着这种安谧而沉静的生活情趣。

代助走到廊缘上，望着庭院里一片迷蒙的绿色。花早已凋谢，如今刚刚抽芽、放叶，代助立即感到一股暖融融的绿风扑面而来。他喜欢这种耀人眼目的绿意里，衬托着宁静的底色。于是，他便戴上帽子，穿着日常的丝绸大褂，出了家门。

来到平冈的新居一看，门敞开着，空洞洞的，看情形行李尚未运到，平冈夫妇似乎也没来过。一个车夫打扮的人，坐在廊子边上抽烟。代助从他那里得知，平冈夫妇来过一趟，说上午反正来不及了，干脆下午再安排吧，于是就回去了。

"老爷和太太一道来的？"

"嗯，一道来的。"

"是一道回去的？"

"嗯，是一道回去的。"

1　青木繁（1882—1911），日本近代西洋画画家。

"行李很快就会到的，你辛苦啦！"代助说罢又走到街上。

他到了神田，本不想再到平冈住的旅馆去，可是又惦记他们两口子，特别是平冈的妻子。他走进去，夫妇俩面前摆着食案正在吃饭，女佣端着茶盘，屁股冲着外面坐着。代助从后面打了声招呼。

平冈惊愕地望着代助，眼里布满了血丝，他说两三天没有睡觉了。三千代笑话他有些夸大其词。代助怀着几分同情，看了总算放心了。他没有久留，到外面吃了饭，理了发，上九段办点事，回来的路上又到平冈的新居看了看。三千代用手巾包着头，穿着印花长内衣，矮腰窄袖，两肩上系着带子，正在收拾行李。在旅馆照料他们的女佣也来了。平冈在廊上拆包裹，看见代助笑道："快来帮帮忙。"门野脱了外褂，撅着屁股和车夫一块儿向屋内抬衣柜，一边对代助说："先生，怎么样？看我这副打扮，你可不准笑话啊！"

第二天，代助正在吃早饭，照例喝着红茶。门野刚洗完脸，油光可鉴地走进茶室。

"昨天您什么时候回来的？我因为太累打瞌睡了，一点都没有注意。想必看到我睡着了吧？先生真坏。您回家时几点钟？到哪里去了？"门野又像平时那样，一直唠叨个没完没了。

"你真的帮他们收拾完毕才回来的？"代助一本正经地问。

"嗯，完全收拾好了。真费工夫啊，反正跟咱们搬家不一样，尽是各种各样的大物件。夫人只是站在屋子中央，呆呆地东张西望，真是个奇怪的人哪。"

"她身体不太好啊。"

"可不是嘛，脸色看来有些不对劲。平冈先生就大不一样了，他身体魁梧，昨晚一道洗澡时，使我很吃惊。"

不一会儿，代助回到书斋，写了两封信，一封是给在朝鲜统监府任职的朋友的，感谢对方上回赠送的高丽陶瓷；一封是寄给法国的姐夫的，请他代购一件价钱便宜的塔那格拉[1] 手工艺品。

午间出外散步的时候，代助又瞅了一眼门野的房间，看他倒在床上正呼呼大睡。代助望着门野天真的睡脸和翕动的鼻孔，实在羡慕。自己昨夜未能睡好，苦恼极了。放在枕畔的怀表，发出了很大的声响，代助伸手拿过来塞到枕头下边。可是那声音仍然在脑子里震荡。他听到表针走动的声音，迷迷糊糊之中，一切外来的干扰都沉到暗夜里去了。他只感觉到一支补缀夜幕的针，咔嚓咔嚓在头脑里回旋。不久，这声音又变成了唧唧的虫鸣，在门外树丛里欢叫……代助回忆着昨夜的梦境，心情恍恍惚惚，仿佛发现在睡眠和觉醒之间有一根细丝牵系着。

代助是这样的人，不论什么事，一旦留心起来，就一直想下去没个完。而且自己理智上明白知道有些事不必认真追究下去，然而一考虑起来就摆脱不掉。三四年以前，他曾试图解决这样一个问题：自己平时是如何进入梦乡的。夜里他钻进被窝，一切安排停当之后，意识渐渐朦胧了。"啊，就在这个时候，原来是这样入睡的呀。"这么一想，精神紧张起来，眼睛又睁开了。过一阵子刚要睡了，精神再度兴奋起来。代助每晚上三番五次被自己的这种好奇心纠缠着，最后被征服了。他想

1　Tanagra，希腊古城。

千方百计从这种痛苦中逃脱出来，他越来越感到自己的愚蠢。自己不明白的事偏偏要弄个明白，这就像詹姆士[1]说过的一样，点燃蜡烛去寻找黑暗，阻止陀螺旋转来玩味它运动的奥妙。这样下去，永远也不得安眠。他虽然明了这番道理，哪知一到晚上精神又兴奋起来。

这种苦恼持续了一年多，才渐渐消失了。代助把昨晚的梦境同以前的苦恼心情相比较，有着奇妙的感觉。因为他体会到舍弃一部分理智，让自己不知不觉放眼于梦幻之中，是十分有趣的。同时他又担心，这样做会不会变得如醉如痴起来。他过去从未有过感情激昂不能自已的时候，因此，相信将来也不会发起狂来。

此后过了两三天，代助和门野都没有听到平冈的消息。第四天过午，代助被麻布[2]的一户人家邀去参加游园会。那天来了很多客人，有男有女。主宾是英国的国会议员和实业界老板。这些高个子男人每人都领着自己的妻子。她们都是容颜标致的西方美人，戴着夹鼻眼镜。到了日本，装扮得更加姿色动人，手里炫耀般地打着不知从何处买来的岐阜出产的彩绘阳伞。

这天天气非常好，宽阔的草坪上站满了身穿礼服的客人。空中一碧如洗，使人打内心里感觉夏天到了。英国绅士皱起眉头望望天上，说了句："真美！"他的妻子马上回答："Lovely[3]！"他们的声音洪亮有力。代助想，英国人说起恭维话来又是别具风格。

1　William James（1842—1910），美国哲学家兼心理学家。

2　东京地名。

3　英语，意即可爱，美丽。

这位夫人拉住代助说了几句话，不到三分钟，他再也应酬不下去了，就立即退了回来。接着，一位身穿和服，绾着岛田发型[1]的小姐和长期在纽约经商的某某又和代助搭上了。这位某某自以为具有讲英语的天分，每逢有讲英语的集会，场场必到。他同日本人也讲英语，最喜欢用英语发表即席演说，而且有个毛病，说几句就莫名其妙地哈哈大笑一阵，英国人看到了时常现出惊讶的神情。代助暗想，不要再讲下去了吧。小姐的英语倒很流畅，她是有钱人家的女儿，雇用一位美国妇女做家庭教师，用英语从事研究工作。代助听她讲话，心里深切地感到，她的话语远比她的面孔更动人。

代助应邀到这个地方来，并非同东道主或这对英国夫妇有什么私人关系，完全是由于父兄在社会上的交际势力，使他得到了一张请帖。他到处踱着，同各方面的人打招呼，随便应酬几句。他看见了自家的哥哥。

"呀，你来啦?"哥哥说着，他的手抬了抬，没有触到帽子。

"看来，天气真好啊!"

"啊，真好。"

代助的个头并不矮，哥哥比他还要高得多，而且近五六年来，身体逐渐肥胖，显得十分有气派。

"怎么样，到那边同外国人聊聊吧。"

"不，我不愿去。"哥哥苦笑着，一边用指头摆弄垂在大肚皮上的金锁。

"外国人很有意思啊，简直有点过分了。经这么一夸奖，

---

1 未婚女子的一种发型。

连天气都非得好起来不成?"

"他们那样赞美天气吗? 哎,我倒感到有些热。"

"我也是。"

诚吾和代助说着,就不约而同地掏出白手绢擦额头上的汗。两个人都戴着丝绸帽。

兄弟俩来到草坪旁边的树荫下站住了。附近没有一个人。对面正开始表演节目,诚吾还是带着平时在家里的那副神情,远远地望着。

"像哥哥这样的人,无论待在家里或出外作客,心情都是一样的。他对当前的社会生活已经麻木不仁,丝毫不感兴趣了。"代助看到诚吾的样子,心里这样想。

"父亲今天怎么没来?"

"他参加诗会去了。"

诚吾不动声色地回答,代助多少有点奇怪。

"嫂嫂呢?"

"她有客人。"

代助想,嫂嫂回头定会抱怨的。他越发感到奇怪了。

代助知道诚吾一直很忙,他心里明白哥哥大部分时间是花在这样的聚会上,但他并不觉得腻烦,也不发怨言,只是一味地喝酒,吃东西,同女人厮混。这些事诚吾泰然处之,总不见有疲劳和焦躁的样子,身体一年年胖起来。代助对哥哥的这一手非常敬佩。

诚吾接待宾客,上茶楼酒肆,出席白天和晚上的宴会,进俱乐部,到新桥和横滨迎送客人,赴大矶请安,从早到晚,在人们聚会的场合多次露面。他既不感到自豪,也不感到厌倦。

代助想哥哥大概过惯了这样的生活，就像海蜇漂荡在洋面上，已经尝不出海水的咸味来了。哥哥这一点在代助看来实在难得。诚吾同父亲不一样，他从来不对代助进行枯燥的说教。他也绝口不提什么主义、主张、人生观之类的令人费解的道理。他似乎不知道这些东西的存在。但是，他也从不想试图打破关于主义、主张和人生观这些抽象的说教。实际上，还是采取这种平凡的态度为好。

然而有一点叫代助不满意。要是闲聊天，嫂嫂远比哥哥更能引起代助的兴趣。代助见到哥哥，听到的尽是报上的新闻，什么意大利发生地震啦，土耳其的天子被废黜啦……要么就是对面海岛上的花儿不行啦，横滨外国船舱里养着大蛇啦，有人被火车轧死啦，等等。这些不着边际的新闻要多少有多少，他一谈起来就没完没了。

不过，他有时也问代助，托尔斯泰是否死了，如今日本小说家谁最伟大之类的怪问题。总之，他对文艺既不关心，又无知得出奇。谈不上什么尊敬和轻蔑，他只是随便问问而已，所以代助回答起来也很容易。

跟这样一位兄长面对面谈话，虽然缺乏刺激性的话语，但也还算轻松、愉快。只是他每天早出晚归，很少能碰面。哥哥难得有时间在家里待上一天，同嫂嫂、诚太郎和缝子一起接连吃上三顿饭。

如今代助同哥哥肩挨肩站在树荫里，对他来说，真是个少有的机会。

"哥哥，我有话要跟你谈，你什么时候有空？"

"有空？"诚吾重复了一句，笑了笑，没有再说什么。

"明天早晨怎么样？"

"明天早晨我要到横滨去一趟。"

"中午呢？"

"中午公司方面有事找我商量，你要是来，也没有时间长谈。"

"那就晚上吧。"

"晚上我要到帝国饭店去，那对西洋夫妇明天晚上找我有事。不行。"

代助噘起嘴巴盯着哥哥瞧，接着两人不约而同地笑起来。

"你要是急，今天谈谈怎么样？今天我有空。我们好久没有在一起了，一道吃饭去吧。"

代助同意了，他本以为要到俱乐部去，哪知哥哥提出要去吃鳗鱼。

"戴着丝绸帽进鳗鱼馆，这可是头一遭。"代助迟疑地说。

"那有什么关系？"

两人离开游园会，乘车来到了金杉桥旁的鳗鱼馆。

这是一家古老铺子，门前有一道河，栽着杨柳。黑乎乎的神龛柱子旁边有一只木架。他们把丝绸帽翻转过来并排放在上面，代助看着看着，说了声："真别致啊！"兄弟两个登上了门窗敞开的二楼，盘腿坐了下来，倒觉得比游园会更加有趣。

两人高高兴兴地喝着酒。哥哥只顾吃喝闲谈，除此之外再没有他关心的事了。代助也迷迷糊糊的，看样子要是再喝几杯，就会把要紧的事给忘了似的。女侍摆上第三壶酒的时候，代助开始进入正题了。不用说，代助谈话的正题就是三千代找他借钱的事。

说实在的，代助还从来没有张口直接向诚吾要过钱。还是刚从学校毕业的时候，他去玩艺妓，钱花过了头，是哥哥想办法给他垫上的。代助记得哥哥当时没有责备他，只说："真够呛，可不能告诉父亲呀。"然后通过嫂嫂为他还清了债务。哥哥没有埋怨代助一句，打那时起，代助觉得对不住哥哥。每到手头拮据的时候，就央求嫂嫂帮助想办法。因此，今天是第一次和哥哥面对面谈借钱的事。

照代助看来，诚吾就像一只打掉提梁的茶壶，不知从何处下手才能拎起来。然而这一点正是他对哥哥感兴趣的地方。

代助若无其事地闲聊起来，他慢慢悠悠地诉说起平冈夫妇的经历来。诚吾听了脸上毫无关切之情，只是一边喝酒，一边"啊、啊"地应和着。话题逐渐说到三千代借钱的事了，他还光是一个劲地点头。代助看到这种情形，只得说：

"所以，我看她很可怜，就答应借点钱给她。"

"噢，是吗？"

"怎么样？"

"你有钱借给她？"

"我一文也拿不出，只好借。"

"向谁借？"

代助早已预料到哥哥会来这一招，就直截了当地说：

"我想从你这儿借。"说罢又望望诚吾的脸。

哥哥仍然带着平常那副表情，不动声色地回答道：

"我看，还是算啦。"

按照诚吾的说法，这不关系到什么人情面子，也不考虑她将来能否偿还，会受到多大损失，等等。他只是一味断定，逢到这种场合不必管他，人家自会有办法解决的。

诚吾为了证明自己的论断，举了这种例子。诚吾的街坊有个叫作藤野的人，租住一家客栈。最近，藤野一个远房亲戚的儿子借住了进来。不久，这青年要马上回乡接受征兵体检，他提前寄来的学费和盘缠都被藤野用了。于是藤野来求诚吾想办法，诚吾没有直接见他，叮嘱妻子不要搭理。结果，那青年还是按期回去了，并且顺利地通过了体检。还有一次，这位藤野有个亲戚，把自己存的房租花光了，房东赶他第二天搬家，他出于无奈，又托藤野前来求情。这回又被诚吾回绝了。到头来，他还是还清了房钱。……诚吾讲的尽是这样的事。

　　"该不是嫂嫂暗中做了人情吧，哈哈……哥哥还糊涂着呢。"

　　"哪会有那样的事。"

　　诚吾依然是先前那副表情，把面前的酒杯端起来，送到了嘴边。

六

　　这天，诚吾一直没有答应借钱这件事，代助也尽量回避
三千代可怜啦、不幸啦之类的话题。他想，自己虽然对三千代
抱有同情之心，但要说服不了解情况的哥哥，使他也和自己一
样怜悯她，那是不可能的。再说，一味谈些令人感伤的事，不
光会被哥哥耻笑，而且是愚弄自己。因此代助仍然像平素一
样，一面喝酒，一面漫无边际地闲扯起来。他想这也许就是父
亲所说的热情不够吧。但是，代助坚信自己不是那种靠眼泪打
动人心的低级庸俗的人。他认为最叫人看不顺眼的就是装出一
副认真和热情的模样，用眼泪和烦恼去说服人家照自己的主意
行事。哥哥十分了解他的性格，所以到这个时候，如果尽说一
些低三下四求人帮助的话，那就会降低自己的身价。

　　代助只顾喝酒，再不提借钱的事了。兄弟对饮，这使他
感到很痛快，彼此也都说了些无关紧要的话。到上茶泡饭的时

候，代助像忽然想起了什么，他跟哥哥说，不借钱也可以，能否替平冈找个差事干干。

"不行，这样的人很难办。再说眼下正碰上不景气，没有办法。"诚吾说罢，大口大口地吃起茶泡饭来。

第二天一睁眼，代助躺在床上首先考虑的就是：要说动哥哥，非通过他的实业家同僚不行，单靠手足之情是不成的。

代助这样思量着，心里没有埋怨哥哥不讲情面，相反，他觉得诚吾这种态度是当然的。使他不解的是，从前自己玩艺妓欠下的钱，哥哥倒毫无怨言地为他偿还了，这回怎么就不一样了？要是他为平冈立下借据，说明是同平冈一道借的，那会怎么样呢？哥哥会同上回一样为他收拾局面吗？也许哥哥预料到这一点才拒绝的？再不然就是哥哥估计自己不至于干出那种事来，因而感到放心，所以一开头就不肯答应的？

论起目前代助的境况来，他不能为别人作担保，他自己也是这样想的。不过哥哥看穿了他这一点不肯答应借钱，这倒有点出乎他的意料。他想试探试探哥哥的态度究竟有多大改变。想到这里，代助苦笑起来，觉得自己的心地也变坏了。

然而有一件事是肯定无疑的，平冈早晚会拿着借据找他来签名的。

代助想到这里就起床了。门野盘腿坐在厨房里看报，他一看到代助满头水淋淋地从浴室里走回来，连忙起来把报纸叠好，然后推到坐垫旁边。

"《煤烟》[1]这篇小说写得真好啊！"门野大声说。

---

1 森田草坪的长篇小说，1909 年在夏目漱石的推荐下，连载于东京《朝日新闻》，一时轰动社会，作者也随之一举成名。

"你读啦？"

"嗯，我每天都读呢。"

"有意思吗？"

"我觉得很有意思。"

"什么地方有意思？"

"你若问什么地方，这叫我怎么回答好呢。我想不管怎么说，它反映了现代人的不安心情。"

"你不感到有些肉麻吗？"

"是的，而且很强烈。"

代助沉默了。

他端着一杯红茶回到书斋，坐到椅子上茫然地望着院子。石榴树高矮不齐的枯枝和灰暗的树干上，长满了红绿相间的幼芽。这种艳丽的颜色只在代助的眼里一闪，马上就消失了。

现在代助的头脑里，已经不存有任何具体的思虑了，宛如大门外面的天空一般空阔宁静。但是，在他心灵的深处，却有无数难以捉摸的细小的东西涌了出来，他对这种感情上的微小的震动几乎毫无觉察，就像奶酪上不管虫子如何爬动，只要还在原来地方，他都不管。只是在生理性的反射到来的时候，他坐在椅子上才不得不改变一下身体的位置。

近来人们常常谈论什么"现代的不安"之类的流行语言，但代助很少说。一来他认为，自己是属于现代的人不说也知道，二来他确信现代的人不一定都有不安感。

照代助的观点，俄罗斯文学中的不安，是来自天时的不顺和政治压迫；法兰西文学中的不安，是由于奸淫有夫之妇的事太多的缘故；以邓南遮为代表的意大利文学中的不安，则是表现在无限制的堕落引起的自我毁灭感。日本文学家喜欢单从不安这一角度来描写社会，所以这类作品都是模仿外国作品的产物。

在求学时代，他就有了理智上怀疑事物而产生的不安。发展到一定程度，就会戛然停止而走回头路，这好比向天上扔石头一样。代助认为还是不要干这种傻事为妙。禅宗所论的"大疑现前"[1]的境界，对代助来说还是未知的王国。代助生来就是对万物抱有怀疑的直率而敏锐的人。

代助读起门野赞赏的《煤烟》来。今天，他把报纸放到了红茶茶碗旁边，再不想打开了。邓南遮作品中的主人公都是挥金如土的纨绔子弟，他们不论如何享乐，如何玩世不恭，都是无可非议的。而《煤烟》的主人公却是个手无分文的穷苦人，没有爱情力量他是不可能坚持到那种地步的。可是在小说里，无论从男主角要吉身上或女主角朋子身上，都看不出他们正是为了诚实的爱情才被排除到社会之外来的。代助不知道主人公靠什么样的精神力量支配着自己的行动。他们处于那样的境地能够果敢地行事，看来并没有什么不安。只有像自己这样在优柔寡断，踌躇不前的时候，才会有不安的情绪。代助每当独自寻思的时候，总以为自己是个特殊的人物，可是看到要吉这种特殊人物时，觉得他远远超出了自己。前些日子他就是在这种好奇心的驱使下开始读《煤烟》的。然而这两天，他发觉自己同书中的要吉有着一段不小的距离，常常看了几眼就放下了。

代助坐在椅子上，不时挪动着身子。他觉得这样可以尽量

1　佛教禅宗的理论，认为世界万物都只不过是一种假象。

使自己平静下来。过一会儿，他喝完红茶，又开始读书了。一连看了两个小时，还算顺利，当读到某一页的中央时，突然停下来，两手支着面颊。接着拿起旁边的报纸，又读了一段《煤烟》，仍觉得不合自己的胃口。他又看了看其他的杂七杂八的报道，有一条消息说，在高等商业学校的事件中，大隈伯[1]站到了继续骚动的学生一边。代助认为这是大隈伯为了把学生吸引到早稻田方面去而采取的计策。代助扔下了报纸。

到了午后，代助终于意识到自己坐不住了。他觉得肚子里出现了无数细小的皱褶，这些皱褶不断交换着位置，改变着形状。情绪总有些摇摆不定。过去代助经常处于这种心理状态的支配之下。每当这时，他总是作为一种本能上的反应加以控制。他有点后悔昨天不该跟哥哥去吃鳗鱼。他想出去散步，想到平冈那里去。他自己也弄不清主要的目的是散步还是看望平冈。代助叫老妈子找出和服来正要换衣服，侄儿诚太郎来了。他手里拿着帽子，把圆圆的小脑袋向代助面前一伸，就势坐下了。

"已经放学啦？怎么这么早？"

"一点也不早。"诚太郎笑笑，看着代助的脸孔。代助拍拍手招呼老妈子。

"诚太郎，你要喝可可茶吗？"

"要喝。"

代助叫老妈子端来两杯可可茶放下，然后逗趣地说：

"诚太郎，你尽玩棒球了，近来手都变大了。手倒比脑袋要发达啊。"

---

1 大隈重信（1838—1922），1882年创设东京专门学校，1902年改称早稻田大学。

诚太郎笑嘻嘻地用右手抚摸着自己圆溜溜的脑袋，他的手确实大得多了。

"叔叔，听说爸爸昨天请你吃饭去啦？"

"嗯，可不是嘛，直到今天肚子还不舒服呢。"

"又开玩笑啦。"

"不是玩笑，是真的。全都怪你爸爸。"

"所以爸爸对我说啦。"

"说什么？"

"他叫我今天放学以后到您这里来吃东西呢。"

"噢，是要我还礼吗？"

"嗯，爸爸说昨天他请客，今天该轮到你啦。"

"怪不得，你是为这个才来的？"

"对啦。"

"哥哥的这个孩子真够机灵的，好，我现在不是给你喝可可茶了吗？"

"可可茶算什么！"

"你不喝？"

"当然要喝啦。"

诚太郎提出了下面的要求：等相扑表演开始的时候，他要叔叔带他到回向院去，坐在正面最高的位置上观看。代助愉快地答应了。诚太郎兴高采烈起来，他突然冒了一句："爸爸还说，别看叔叔荡荡悠悠的，他可是个了不起的人哪！"代助听罢稍稍发起呆来，他只好随便答道："叔叔了不起，你不是早就知道了吗？"

"可我昨天晚上才听到爸爸这样说哩。"诚太郎辩解道。

据诚太郎讲，昨天晚上哥哥回家之后，就同父亲和嫂嫂三个一块儿谈论起来。小孩子虽然听不太懂，可头脑聪明，有些话记得很清楚。当时父亲谈起代助来就说，看样子不会有什么出息了，哥哥却说，他办起事来还算挺懂道理的，不如随他去吧，您尽管放心，不会错的。看来哥哥处处为自己辩护。嫂嫂赞成哥哥的意见，她说一个星期前，才问过算卦的先生，说代助将来一定能成为人上人。……

代助一面催促诚太郎继续讲下去，一面颇有兴致地听着。当他得知嫂嫂为他占卦的事时，实在觉得好笑。过了一会儿，他换上和服，把诚太郎送出门外，自己就到平冈家里去了。

平冈的家外表十分简陋。由于数十年物价不断飞涨，中流社会的日子一天天艰难起来，这所宅子就是最好的代表。至少在代助的眼里是这么看的。

房门和大门之间只有一席之地，这里算是厨房了。里面和两侧都是窄小的屋子。这本来是那些资金微薄的小业主们的住居。随着东京市内日渐贫困，他们企图用有限的资金放高利贷，以便获取二至三成的利息。只好拿出少量的钱来，盖了这些简陋的住房。这些建筑成了他们生存竞争的产物。

今日东京，尤其是街头巷尾，到处都是这样的房屋，而且像入梅时节的跳蚤似的不断繁衍扩大。代助曾经把这种现象比作"向灭亡发展"，他认为这正是日本最典型的象征。

这些房顶，都用油罐的铁皮焊成方形遮盖着，像鱼鳞一样。在这里租住的人们，都曾经在半夜里被房柱的断裂声震醒过。他们的房门总有破洞，他们的窗户总是东歪西斜。那些时时惦记着自己的资本、月月靠利息生活的人们，都是屈身住在这样的地方，平冈也算其中的一个。

代助从墙根前通过的时候，首先向屋顶瞥了一眼，黑乎乎的泥瓦给他一种奇妙的感觉。那没有一点光亮的地板，好像不论有多少水都能吸进去。大门口散乱地堆放着破草席，那是搬家时包东西用的。走进屋内一看，平冈正坐在桌前写一封长信。三千代在里面一间屋子，弄得衣柜的环子哗啦哗啦直响。旁边有一只大箱子敞开着，一件漂亮的长袖女衫露在外面。

平冈对代助打了声招呼，说太失礼了，叫他等一等。这时代助不住望着那只皮箱和里面的衣物，望着那双在衣箱里不停摆动着的纤细的手。窗户依然开着没有关上，但三千代的脸孔被遮住了，代助没有看见。

不一会儿，平冈把笔放在桌上，坐直了身子。看来他好像专心写一封至关重要的信，耳朵红了，眼睛也红了。

"怎么样？可要好好谢谢你啦，本来正要登门拜访的，一直未去成呀。"

平冈的话听起来不是什么表白，而是一种挑战。他连衬衣和长裤都未能穿好，就一屁股盘腿打坐在铺席上。由于衣领没有扣得齐正，一些胸毛露了出来。

"还没有安顿下来吧？"代助问。

"还谈什么安顿，这辈子也别想安顿下来。"平冈说着，连忙抽起烟来。

代助心里很能理解平冈为何以这种态度对待自己。这决不是冲他来的。而是针对社会，不，是针对自己而发的。想到这里，他反而同情起平冈来了。然而，平冈说话的调子总是给代助的精神上带来一些不快，代助只是没有生气罢了。

"房子怎么样？有点不配套吧？"

"嗯，不配套也没有法子。想住舒适的，只好买股票。最近东京漂亮的住宅，不都是股票公司经营建造的吗？"

"也许是这样的，不过盖成那样一座漂亮的建筑，背后不知要毁掉多少住房哩。"

"只要住起来舒服就行。"

平冈说着大笑起来。这时，三千代出现了。她向代助说了几句感谢的话，然后坐下来，把手里一卷红法兰绒拿给代助看。

"这是什么？"

"孩子的衣服，做好了叠着，一直未动。今天看到仍放在箱子底下，就拿出来了。"她说着解开纽扣，把袖筒向左右摊开。

"瞧！"

"还留着干什么用，快当抹布算啦！"

三千代没有回答，把小衣服放在膝头上，低着头默默瞧了老半天。

"是同你的一道做的。"她看了看丈夫。

"是这件吗？"

平冈带有碎白花的夹袄下面，贴身穿着一件法兰绒衣服。

"穿这个不行，太热啦。"

代助开始看到昔日的平冈了。

"夹袄下面还穿这样的厚绒衣，太热啦。这样的天气穿衬衣都行。"

"嗯，我嫌麻烦，所以一直穿着。"

"我叫他脱下来洗洗，就是不脱。"

"好，脱就脱，我不想再穿啦。"

话题终于离开了已经死去的孩子，气氛也比代助刚来时融洽了。平冈说好久不见了，喝一杯吧。三千代要收拾一下，她叫代助多待些时候，说完就进了里面屋子。代助望着她的背影，心里想，无论如何得借点钱给他们才行。

　　"你找到工作没有？"他问。

　　"哎，又找到又没有找到。说没有找到，是因为眼下还闲着没事干，说找到了是指慢慢找下去总会有门路的。"

　　这话说得如此轻松，可在代助听起来，却感到平冈正为寻找工作而焦急不安。代助本想告诉平冈昨天自己同哥哥会谈的结果，但听到平冈的话之后，决定还是等等再说。因为他怕这样做会有损于对方的体面。另外关于钱的问题，平冈一直未提起过，自己也没有必要先许下愿来。代助想，这样默然不响，平冈心里一定觉得自己是个十分冷漠的人。然而，现在的代助，对别人的责难已经近乎麻木不仁了。他认为自己确实不是一个感情热烈的人。如果用三四年前的眼光来看待现在的自己，也许是堕落了。然而要是用现在的观点回顾以前走过的路，又确实觉得自己对道德观念理解得更深，运用得更加自如了。照他现在的想法，与其煞费心机地把黄铜装扮成金子，倒不如老老实实承认本来就是黄铜，这样即使受人蔑视，心里也会感到自在的。

　　代助甘愿以黄铜自比，并非因为有小说中描写的那种经历，即于无意中陷入时代的狂澜而不得自拔，惊悟之余遂回心转意；而是依靠他自身特有的思索和观察，逐渐剥去了美丽的外壳。他认为，这种外壳有一大半是父亲给他加在身上的。那时候，父亲看起来像金子，许多先辈们看起来像金子，凡是受过相当教育的人，看起来都像金子。因此他自己不满足于这种虚假的表象，急着想使自己早一点也变成一块金子。但是，在他亲眼看到别人的所作所为之后，才知道自己的努力不过是枉费心机罢了。

代助又想，自己三四年里有了这样大的改变，凭着他的感觉，平冈在这三四年里，也发生了很大的变化。要是在过去，内心里总想尽量给平冈留下好印象，碰到昨天这种场合，即使同哥哥打架、同父亲吵嘴，也要想办法为平冈借到钱的。他还会跑到平冈家里大肆吹嘘一番。而平冈呢，他只是过去才会有这种想法，现在看来，他似乎也不那么看重友情了。

所以，关键性的事情只谈了一两句，接着就随便闲聊起来。说话之间，三千代端着酒壶进来，两人便开始对饮。

往常平冈逢到喝酒，话就逐渐多了。这人不管怎么醉，谈话依然像平素一样，显得很有兴致，语调里带着欢悦的情绪。他比一般的酒友能说善辩，有时会举出一些重要问题来，同你争论不休。代助还记得，过去两人中间摆着啤酒，互相争持不下。那时代助感到奇怪的是，平冈每当陷入醉态时，最容易同他发生争论。平冈还时常说，酒后吐真言。现在彼此的心境同那时候大不一样了。两个人心里都很明白，双方在思想上有了距离，是很难找到共同的道路的。平冈抵达东京的第二天，两人分别三年再度重逢时，不觉之间感到彼此都有些隔膜。

然而今天倒挺怪，平冈喝得越来越多，谈吐又像过去那样了。酒劲儿一上来，什么眼下的经济啦，以及伴随而来的痛苦、不平和满腹的牢骚全都麻木了。平冈的语调一下子变得高昂起来。

"我失败啦，但失败了再干，而且打算永远干下去！你看到我的失败在发笑哩。笑也罢，不笑也罢，没关系，对我都是一回事。好吧，你就笑话我吧。你虽然笑话我，可你却毫无作为，你对社会是照单全收的人。换句话说，你是个没有主心骨的人。大凡人都有自己的意志，说没有才是骗人呢。人始终没有知足的时候，这就是证明。我要将自己的意志付诸现实的社会之中，要使现实社会按照我的意愿行事，哪怕一点也好。没有这样的保证，我就难以生活下去了，从这里，我才发现自己生命的价值。你一味耽于思索，凭着这种思索，你把头脑里的世界同现实的生活分割开来，你忍受着这种极不协调的生活，这不正是一种无形的失败吗？你说这是为什么呢？我把这种不协调的生活推出去，而你却把它容纳进来。也许正因为如此，当我排斥这种不协调的生活时，我便感到失败得少一些。然而，我被你取笑，却无法笑话你。不，我很想笑，但从世人来看，我又不能笑。"

"你尽管笑好啦，你不笑我，我已经自己笑自己啦。"

"这是撒谎。对吧，三千代？"

三千代从刚才起一直默默地坐着，被丈夫冷不丁地一问，吃吃地笑了。她望望代助。

"是真的啊，三千代。"代助说着，递过酒杯来倒满酒，"撒谎。不管我的妻子如何为你辩护，都是假的。当然，你也许在笑话别人的同时笑话自己，你是能够使这两者共同存在于头脑之中的。不过，我能辨别你的话是真是假。……"

"别开玩笑啦。"

"这不是玩笑，完全是正经话。你已经不是过去的代助啦。

过去的你不是这个样子，同现在判若两人。是吧，三千代？不管在谁眼里，长井都是扬扬得意的人物。"

"说什么呀，我刚才从旁看来，觉得你反倒更得意些呢。"平冈哈哈大笑起来。三千代端起酒壶到里屋去了。

平冈用筷子夹起饭盘上的菜，低着头，大口大口地嚼着，过一会儿，咕噜翻了一下眼珠，说：

"好久没见面，今天很高兴，喝醉啦。你怎么样？你的情绪欠佳呀，这怎么行，我已经变成过去的平冈常次郎啦，你还没有变成过去的长井代助呢，这不像话。一定得给我变过来，以后要大大干他一场。我今后要干下去，也请你跟我一样干下去吧。"

平冈的话既直率又天真，他想努力促使今天的代助恢复到过去的生活中去。代助体会到这一点，而且被他的热情打动了。不过，另一方面，他又觉得平冈实在有些操之过急了。

"你喝了酒说出话来像是醉了，可头脑还是挺清醒的。我也来说上几句。"

"是啊，这才像是长井君哩！"

代助不愿意马上开口。

"你头脑确实清醒吗？"他问。

"当然啦，只要你清醒就行。我永远都是清醒的。"平冈说着看看代助，他确实像自己说的一样。

于是，代助开始说起来：

"你刚才一个劲地攻击我，说我不干这不干那，我默不作声。因为确实像你攻击的那样，我什么都不想干。"

"为什么不干？"

"你问为什么，这不能怪我，要怪社会，广而言之，是日本对西洋的关系决定着我不能有所作为。首先，日本是借贷最多的贫穷国家，你想，借那么多钱何时能还清？即使能还也不能靠借钱过日子呀。日本是个不从西洋借钱就无法维持生计的国家，还以先进国家自居，拼命想挤入一等强国的行列。这只能是打肿脸充胖子，愈见可悲。青蛙拼命同牛比身个儿，怎能不鼓破肚子呢。这些都给我们每个人很大的影响。受到西洋压迫的国民，头脑迟钝，也就很难成事。一切教育都是为了驱使人们不息地劳作，弄得大家神经衰弱，说起话来愚蠢可笑。自己过一天就干好当天的事儿，别的啥也不想。因为疲劳使你无法考虑其他的事。精神困惫、身体羸弱、道德沦丧，各种不幸之事，一一接踵而来。整个日本不管走到哪里都看不见一寸光明，眼前只是一片黑暗。我一人置身在这样的环境里，能说些什么，做些什么呢？我本来就是个懒惰的人。不，同你交往时起才变得懒惰起来。那时年少气盛，你也认为我是个前途有为的人吧。假如整个日本社会的精神、道义和肌体大体上还算健全的话，那么我依然是个前途有为的人，我有好多事情要干，那时候会有许多的新鲜事物刺激我不断克服我的怠惰。但是一切都落空了，我终于变成了现在这个样子。这就是你所说的对世界照单全收，满足于那些最适合我去接触的事物。当然，我并不想规劝别人按照我的办法行事。……"

代助稍稍顿了顿，望了望有点拘谨的三千代，讨好般地问：

"三千代，你看呢？我的想法就是对什么都无所用心，你不赞成这个观点吗？"

"您是因为厌世，才对一切都觉得无所谓的吧？我不很清楚。不过，我觉得您有点含混不清。"

"哎？什么地方？"

"什么地方，您说呢？"

三千代向丈夫看了一眼。平冈把胳膊撑在大腿上，手掌托着下巴，一声不响。他默默地把酒杯递给代助，代助也不吱一声地喝了下去。三千代又给他斟满酒。

代助将酒杯送到嘴唇边，他想没有必要再说下去了。他既不是为了说服平冈改变想法前来辩论的，也不是为了接受平冈的开导前来求教的。两人不管谈到什么程度，命运决定他们之间总有一段距离。代助从一开始就觉察到了，所以随便议论几句算了。他试探着谈论起社交方面的事，这样三千代也可以参加进来。

但是，平冈一旦醉了，抓住一件事就谈个没完没了。他挺起长满胸毛的红红的胸膛，说道：

"有意思，这太有意思啦。像我这种立身于社会局部同现实进行苦斗的人，是没有工夫考虑这些事的。日本贫穷也罢，弱小也罢，一干起工作来就都忘了。就算社会堕落，我也不去想它，仍然埋头工作。像你这样的闲人也许觉察到了日本的贫穷和我们这号人的堕落，然而，只有那些对社会毫无用心的旁观者，才会说出口来。因为他们有时间对镜自省。如果忙得连照镜子的工夫也没有，谁都会忘掉这些的。"

平冈喋喋不休地说了半天，打了个比喻，像给自己找到了同情者一般，心情十分得意。说到这里他停了停。代助只好微微笑了笑。平冈马上接下去说：

"你不愁钱用，生活上也没有困难，所以你不想干。总之，公子哥儿嘛，尽爱讲些漂亮话……"

代助听了稍稍感到激愤，他突然中途打断了对方：

"干当然可以，但是干必须超出生活之上，这才是光荣的。一切神圣的劳动都不是为了面包。"

平冈的脸上泛起了奇怪而不悦的表情，他瞅了瞅代助，问：

"为什么？"

"因为为生活之劳动，并非为劳动之劳动也。"

"这种理论上的命题我搞不懂，你能否结合实际的人生，说得具体一点？"

"这就是说，单纯为着吃饭而工作，是很难达到真心实意的。"

"你和我的想法正相反，因为要吃饭，所以才拼命地干活嘛！"

"拼命干活也许能够做到；但是做到诚实却很难呀！你说为吃饭而干活，那么吃饭和干活究竟哪一方面是目的呢？"

"当然是吃饭啰！"

"照这么说，吃饭是目的，不论干好干坏，有饭吃就行，也别管干些什么或怎么干，只要有面包吃一切都好，对吗？既然劳动的内容、方法乃至顺序都受到外界的制约，那么这种劳动就是堕落的劳动。"

"又讲大道理啦，真有你的！这样又有什么不好呢？"

"我举一个非常有趣的例子来说明这个道理，这是很早以前的事了。我记得是在什么书上看到的。据说织田信长[1]有位有名的厨师，开始他吃了这位厨师做的饭菜，很不合自己的口

1　织田信长（1534—1582），战国安土时代的武将，刚勇果断，威震全国。筑安土城，欲统一天下，后为明智光秀所败，自刃身死。

味，就把厨师大骂一顿。厨师想，自己做了最拿手的饭菜，反而遭到训斥。后来他就做了二流或三流的饭菜送给主人，结果受到了赞扬。你看，这位厨师为了保住自己的饭碗，干得多么聪明。但是，从他玩弄技艺以迎合主人这点来说，不是个很不诚实的堕落的厨师吗?"

"他不这样做就会被解雇的，没有别的法子可想。"

"所以衣食宽裕的人，如果不择其所好就不能认真地干点工作。"

"这么说，只有像你这样的身份才能从事神圣的劳动啰。所以你更有义务努力干了。对吗，三千代?"

"可不是嘛。"

"怎么，说着说着又回到原来的话题上来了。这可不准再争论了啊!"代助说着搔了搔头皮，谈话到这里总算结束了。

七

代助在洗澡。

"先生，怎么样？水热吗？要不要再添把柴？"门野突然从门口探过头来问。他对这些事想得十分周到。代助把身子浸在热水里，一动不动地回答：

"很好。"

"行吗？"门野说完就回到茶室去了。代助对门野说话时的模样很感兴趣，一个人独自笑了。代助神经敏锐，可以感知别人觉察不到的东西。他时常为此而苦恼。有一次，朋友的父亲死了，他去参加葬礼，忽然看到那位朋友披麻戴孝，拄着竹竿，跟在棺材后边。他看了忍不住发笑，所以感到很尴尬。又有一回，正在听父亲训话，他无意之中看了看父亲的面孔，差点笑出声来，结果弄得十分难堪。家里没有买澡盆的时候，代助常到附近的公共浴池洗澡。那里有个体格粗壮的汉子，名叫三助，一看到代助来了，就从池子里跳出来主动要给代助搓背。代助的身子每当被他揉得格格作响的时候，总觉得这人不是日本人，而像是埃及人。

还有一件奇怪的事，前些时候他读过一本书，上面谈到生理学家韦伯[1]能使自己心脏或增或减地随意改变跳动次数。代助有个癖好，就是时常爱摸摸心跳。他一天里总要诚惶诚恐地试探两三次。他感到似乎出现了和韦伯相同的结果，于是吃了一惊，再也不敢摸了。

代助静静地泡在水里，右手下意识地放到左胸上，随之感受到了两三次生命的搏动。忽然，他想起韦伯，马上站起来走到了水龙头旁边。代助盘腿坐着，茫然地望着自己的脚。他发现两只脚变了模样，不像是自己的，似乎同身子完全脱离开了一般，直挺挺地横在那里。以前怎么没有注意？现在仔细看来，实在不堪入目。汗毛长长的，满腿暴着青筋，简直像个奇怪的动物。代助又重新浸在热水里，他想正像平冈说的，自己的余暇太多了，才这样胡思乱想的吧。他洗完澡，对着镜子照照自己的身影，不由得又想起了平冈的话。他用又宽又厚的西洋剃刀，刮着下巴和两颊。锋利的刀刃在镜子里闪闪放光，使他心里泛起了一种刺痒痒的感觉。这心情如同站在高高的尖塔上俯视着地面一样。他想着想着，终于刮好了脸。

代助刚想穿过茶室，忽然听到门野跟老妈子说：

"到底还是先生高明。"

"什么高明？"代助停住脚步望着门野。

1　Ernst Heinrich Weber（1795—1878），德国生理学家，他发现了刺激和感觉的相互关系，即"韦伯法则"。

"啊，已经洗好澡啦，真快。"门野应道。

听了门野的答话，代助没有再追问下去，他回到书斋，坐在椅子上休息。

代助一面休息一面想，脑子一味苦苦思考那些莫名其妙的怪事，会把身体搞坏的，还是出去旅行为好。这样，可以避免最近以来婚姻问题的纠缠。可是当他想到平冈的时候，又马上打消了外出的计划。究其实质，自己并不是为了平冈，而是记挂着三千代。代助这样想，并不感到有什么不道德，反倒觉得心情愉快。

代助认识三千代，是四五年前的事。那时代助还是个学生，靠着长井家的关系，他时常在社交场所里露面，结识了许多年轻女人，并且知道了她们的姓名。不过，三千代不属于这类女子，她仪表朴素，性情有些沉静。当时有个同学姓菅沼，同代助和平冈都很要好，三千代是他的妹妹。

这个菅沼是东京近郊一个县里的人，入学后的第二年春天，他到乡下又把妹妹接来上学，同时退掉一直租住的旅馆，兄妹俩另外买了房子。那时节，妹妹刚从国立女子高级中学校毕业，年纪十八岁光景，围着漂亮的衬领，两肩上打着结子。不久她就进入了一所女校。

菅沼兄妹的家位于山谷里的清水镇，没有院子，站在廊子里，可以望见上野树林里高高耸立的古杉。其中有一棵就要枯死了，树干的颜色奇特，像生锈的铁柱子一般。一到晚上，许多乌鸦群集在树上，聒噪不止。隔壁住着一位青年画家。窄小的横街上没有车马通过，是个十分恬静而幽雅的住宅。

代助常常到那里玩，起初看到三千代时，她行完礼就退出去了。代助对上野树林评论一通就回来了。代助第二次第三次去时，三千代也只是给他献过茶就走了。不过住宅那样小，她只能待在隔壁的房子里。代助一边同菅沼谈话，一边思量着，他想三千代在隔壁肯定听到了自己的声音。

代助是在什么样的机会同三千代搭上话的，他自己现在也记不清了。估计是从一些寻常事情谈起的。代助本来讨厌诗和小说，现在却谈得津津有味了。两人一旦搭上话，如同诗和小说里描写的那样，很快就亲密起来。

平冈也和代助一样，经常到菅沼家去，有时两个人结伴同行，他和代助几乎同时开始对三千代抱有好感。三千代也时常跟随哥哥和他的两位朋友到池之端等地方散步。

四个人的关系维持不到两年，就在菅沼毕业那年的春天，他的母亲从乡间来玩，在清水镇住了一个时期。这位母亲一年总要到东京来一两趟，在女儿家里住上五六天。这次临回乡下的前一天发起烧来，浑身动弹不得。过了一周，才知道得了伤寒，立即住进了大学医院。三千代为了看护妈妈也搬到医院里。病人有一段时间情况好转，谁知中途复发，最后死去了。不仅如此，哥哥来探视，也染上了伤寒，不久也死了。老家只留下了一个父亲。

母亲和哥哥死去的时候，父亲每次都来料理后事，因此同菅沼生前的好友代助和平冈也都熟悉了。老头子接三千代回乡的时候，专门领着女儿到他们两人的住处告别。

这年秋天，平冈和三千代结婚了。站在中间为他们牵线的是代助。当然表面上是请了乡下的长辈做媒，并举行了仪式。不过，劝说三千代答应这门亲事的是代助。

婚后不久，两个人离开了东京。乡间的父亲因为一件意外的事，被迫到北海道去了。三千代这回要到哪里，心里正没个着落。代助想使他们在东京安家住下来，为此，他想跟嫂嫂商量，看能否借点钱给他们。他来见三千代，想再详细听听她的意思。

然而到了平冈那里一看，三千代并不是一个连什么话都抖搂出来的女人。代助很难弄明白这对夫妇究竟想把钱用在什么地方。相反，她反倒猜透代助的心思，使他不能不主动认识到自己要了解的究竟是什么。所以，代助认为已经没有必要转弯抹角打听他们借钱干什么用了。有些无关紧要的事，不管自己能否打听得到，他都要借钱给三千代，以便满足她的愿望。不过他借钱的目的，丝毫不是为了换取三千代的欢心，代助对三千代不会再打什么主意，耍什么手腕了。

代助很清楚平冈不在家时，要想问清过去的事是困难的，特别是经济上的事，平冈即便在家，也不会跟他详谈的。即使说一些，也不会一五一十全都亮出底来。平冈在代助面前，时刻装着体面的样子，不让代助知道他的困窘之处，碰到瞒不住的地方，思索一番之后，就保持沉默。

代助决定先找嫂嫂商量一下看。但自己又觉得没有把握。过去曾有好几次一点点地向嫂嫂吹过风儿，这回直截了当提出来还是头一次。不过，梅子自己有一定的私产，也不见得就说不通。如果不行就借高利贷，代助尚未想到这一步。但是，如果平冈早晚有一天要他看在朋友的份上，直接提出来要求自己帮忙的话，他也不好推诿。不如自己先主动提出来，只要能使三千代高兴就是最大的愉快。代助心里只抱着这样一个念头，他也顾不得这样做是否合乎道理。

一个暖风拂面的日子，阴沉沉的天气始终晴不起来，天黑得很晚。代助挨过了四点钟，出了家门，乘电车到哥哥家去。走到青山御所[1]前边，看到父亲同哥哥坐在人力车上，从电车左侧匆匆通过。代助没有来得及打招呼，对方也没有发现自己，就这样擦肩而过了。到了下一站，代助就下车了。

进入哥哥家的大门，听到客厅里弹钢琴的声音。代助在沙石地上站了一会儿，马上来到左边厨房门口。他看见那里格子门外，有一只取名赫克托的英国种狼狗，嘴上缚着皮绳，卧在地上。狼狗听到代助的脚步声，马上竖起毛茸茸的耳朵，扬起布满花斑的脸来，接着就摇摇尾巴。

代助向门口青年男佣的房里瞅了一眼，站在过道里殷勤地喊了几声，立即来到西式房间里。推开门，看见嫂嫂正坐在钢琴前不停地摆动着双手。缝子穿着长袖和服站在妈妈身旁，头发披散在肩膀上。代助一看到缝子的头发就联想起她荡秋千时的样子来：乌亮的黑发，粉红的蝴蝶结子，还有那黄色的绉绸腰带，一起在半空里随风飘扬。那情景在代助头脑里留下了鲜明的印象。

母女同时转过脸来。

"哎呀！"

缝子默默地跑出来，使劲拉住代助的手。代助来到钢琴旁。

"我还以为是什么名人弹的哩。"

1　明治时代皇太后离宫，位于东京港区赤坂。

梅子没有说什么，她皱着眉头，随后笑笑招了招手，打断了代助的话。

"阿代，这地方请你弹给我听听。"

代助同嫂嫂调换了位置，照着乐谱，手指灵巧地跳动了一阵，然后离开了座位。

"是这样的吧？"

接着母女俩轮番坐在钢琴前，按照代助指点的地方练了一会儿。约莫过了半个小时，梅子站起来说：

"算了吧，咱们到那边吃饭去吧。叔叔也一道来。"

屋里渐渐暗了。代助起先一直听着钢琴的响声，望着嫂嫂和侄女洁白的双手不停地舞动。有时，他又向那天窗周围的花纹绘画望去，什么三千代，什么借钱的事几乎全忘记了。他走出屋子回头一瞧，黑暗中只能看到画面上碧蓝的海水泛起的白沫。代助特地请画匠在波涛上面描绘了金色的云峰。这云峰仔细看起来，里面有一个巨型的裸体女神，披散着头发，跃动着身子，显得狂暴恣肆。代助是把瓦尔基里[1]想象为一朵云彩，要画匠照着他的意图绘制的。他已经辨认不清到底是云峰还是女神，脑子里只是依稀地浮现着一团云烟，他为此暗自感到欣慰。然而，当画好嵌入墙壁的时候，看上去比想象的更为阴森。代助同梅子一道走出房间时，瓦尔基里几乎看不见了，那碧蓝的海水也看不见了，只隐隐约约留下一片白色的泡沫。

起居室里已经点上了电灯。代助在这里和梅子一道吃了晚饭，两个孩子也同在一张桌上。代助叫诚太郎到哥哥屋里拿

---

1 Valkyrie，北欧神话中知、诗、战神奥丁的十二侍女之一。传说她飞临战场，选择战死者，然后将他们的灵魂送入天国。

来一支马尼拉香烟，一边抽一边闲谈起来。不一会儿，梅子提醒孩子们回自己房里准备明天的功课，随后便同代助面对面坐下来。

代助思忖着，要是突然端出那种事来，会使她感到奇怪，于是先谈一些无关紧要的话。他告诉梅子，刚才看见父亲和哥哥乘人力车不知到哪里去了；前些时候他请哥哥吃饭了。他又问梅子为啥不去参加麻布的游园会；又说父亲写汉诗都是乱吹一通啦，等等。在你一言我一语的交谈当中，代助有了一个新的发现，这不是别的，原来父亲和哥哥近来东奔西走，显得特别繁忙，这四五天来连睡觉的工夫都没有。代助若无其事地问，也许发生了什么事情了吧？嫂嫂也用平常的语调回答说，可不是吗，说不定出了什么事了。父亲、哥哥什么事都不对她说，她一点也不清楚。接着，她的话题转到代助的婚事上来。正说到这里，青年男佣进来了。

那用人进来报告说，刚接电话，老爷说很晚才能回来，要是有客人来访，让到屋里坐坐等一会儿，说完就退出去了。代助害怕嫂嫂又回到结婚问题上说个没完，就抢先一步说：

"嫂嫂，我有一件事相托。"

梅子仔细听代助陈述，代助谈了十多分钟，最后说了一句：

"所以我想跟你借点钱。"

听了代助的话，梅子一本正经地问道：

"那么什么时候才能偿还呢？"听了梅子冷不丁的反问，代助用手指揉着下巴颏，盯着嫂嫂的神色。梅子越发认真起来，她接着说：

"我这不是挖苦话，你不要生气。"

代助当然不会生气，只是没有料到叔嫂之间她会这样问他。现在再表白是要，还是借，越敷衍下去越显得愚蠢，只好情愿忍受这样的冲击。梅子看到这个桀骜不驯的弟弟好容易被她制服了，说话的语气很快软了下来。

"阿代，你老是在捉弄我。不过，我不怪你，这也是出于无奈，没办法，对吗？"

"你这样追问，叫我怎么说好呢？"

"好啦，不必再瞒着了，我什么都知道，干脆直说了吧，要不以后就很难开口啦。"

代助默默地苦笑着。

"不是吗？你看，这都是自然的事。你不必介意，尽管我有些跛尪，到底还是敌不过你的。咱们过去的关系，你我都满意，没有什么可说的。不过，你连父亲都给捉弄啦。"

代助对嫂嫂直率的态度表示满意，他回答道：

"嗯，倒是有点。"

梅子高兴地哈哈大笑起来。

"就连哥哥也被你耍啦。"

"哥哥吗？不，我对哥哥是很尊敬的。"

"骗人，趁这时快把秘密摊出来吧。"

"不过，我有时也捉弄过他。"

"看，全家人都被你给捉弄过。"

"实在过意不去呀。"

"不管你怎么说，反正在你的眼里，谁都有被捉弄的资格。"

"快别说了，今天你真够厉害的啊！"

"可不嘛，这也无妨，反正也不会吵起架来的。不过，像你这样了不起的人物，怎么倒向我借起钱来了？这不是很奇怪吗？我揭了你的短，你会生气的吧？不要这样，像你这样不平凡的人，缺了钱，也不得不向我低头求情。"

"所以我从刚才起就一直低着头呢。"

"我还没听你说过这是发自内心的。"

"当然是发自内心的啦。"

"好，这也是你的伟大之处。不过，没有人肯借钱给你，就无法拯救你现在的朋友，怎么办？再了不起也没有用，就像一个车夫一样无能为力。"

代助从未想到嫂嫂会对自己说出这般体贴的话。说真的，在他筹划借款的时候，已深知自己的这个弱点。

"我完全是个车夫了，所以才来求嫂嫂的。"

"对于你，我实在没办法，你这个人太高贵了，你自己去借吧。要是真正的车夫，我不会不借给他的。对于你，我不愿这样做，你自己太过分了。除了月月麻烦哥哥和父亲之外，还要代别人告贷，谁还愿意再出这份钱。"

梅子的话是有道理的。但是，代助没有多想，他并不介意这些。他回过头来一看，原来嫂嫂、哥哥和父亲都站在一个立场上。他想，自己也只好退回去，做一个社会上普普通通的人。他离开家时，就担心嫂嫂会轻易拒绝他的，但他决不想从此就靠自己劳动挣钱，代助没有把这等事看得如何重要。

梅子极力借这样的机会，从各方面刺激代助，代助也了解梅子的用心。越是了解越是激动不起来。不觉之间话题从借钱又回到结婚上来了。为着这门亲事，代助最近两次被父亲弄得很不痛快。父亲一直是个非常重视人情的人，可这回却也没怎么强迫命令。他认为同与自己的生身父母有着特殊关系的人家结亲是件好事，要代助趁早娶过来，这样多少能报答人家几分恩情。在代助看来，什么叫好事，什么叫报恩，父亲的主张没有一点道理。不过，自己对这门亲事也没有什么特别的反感，他不想同父亲争论谁是谁非，觉得娶过来也没有关系。这两三年来，代助似乎养成一种习惯，对所有的事都不那么看重，结婚也是一样，他觉得没有必要那样认真。佐川家的姑娘，他只是在照片上看见过，单凭这个，就使他感触很多。照片上的人很美，所以要是决定娶过来，也不必搬出那么多条件。代助只是没有明确表态罢了。

代助这种不明朗的态度，叫父亲说来，完全是不通世故，是愚钝无知。嫂嫂认为婚姻是人的终身大事，除了生死之外，一切都要从属于它。所以，她对代助采取的态度也觉得不可思议。

"你愿打一辈子光棍吗？还是不要太固执吧，要适可而止啊。"梅子有些焦急起来。

打一辈子光棍，还是讨个小老婆，或是找个艺妓，代助自己也丝毫没有明确地想过。同别的单身汉一样，他对结婚不感兴趣，这倒是真的。其原因大体归结为三条：他的性情决定他不能专注于某一件事情上；他头脑敏锐，鉴于现代日本的社会情况，他一直思考着如何打破幻想，寻求出路；还有，他经济宽绰，花钱自由，结识许多各种各样的女性。然而，代助并不想苛求自己承认，之所以不愿意结婚的原因就在这里。他只是抱着对结婚不感兴趣这个明确的态度应付着，将事情拖向未来。所以，他认为，把结婚当作必不可少的大事，一生努力追求它，促其早日实现，这是不自然的，不合理的，而且带有庸俗低级的趣味。

代助本来就没有打算向嫂嫂讲述这番道理。他被追问得无话可说时，曾经含着几分痛苦地问：

"嫂子，看来我是非要娶媳妇不行啰？"

代助当然是一本正经提出来的，嫂嫂有些茫然了，她认为代助想把她蒙混过去。当晚，梅子和代助面对面坐着，照例绕个圈子之后，才说：

"真奇怪，你为什么这样讨厌结婚呢？虽然嘴上没有说，只是一个劲儿推托，这不就是讨厌吗？你准是有相好的啦，告诉我，她叫什么名字？"

过去代助头脑中从来未想过自己究竟喜欢哪个女人，如今被嫂嫂一问，心里不由得浮起三千代的面影来。他忽然想冒出这样一句话："所以，求你借些钱给她吧。"然而代助没有开口，他只是苦笑着坐在嫂嫂面前。

八

代助在嫂嫂那里碰了壁，回来时已是深夜。他在青山马路上，好不容易赶上了末班电车。尽管已经很晚，他们谈话的时候，父亲和哥哥还没有回来。嫂嫂曾经接过两次电话，从她表情上好像看不出有什么特别的事，代助也没有主动询问什么。

这天夜里，天空阴沉沉的，看起来和地面一个颜色。车站的红柱子旁边，只有代助一个人在等车。远方出现了小小的光点，在暗夜中上下摇晃着，径直向代助身旁驶来，使人感到非常冷清。上去一看，没有一个乘客。代助夹在穿着黑衣的乘务员和司机之间，一阵声响，电车开动了。车外一片黑暗。代助找个光亮的地方坐下来，他仿佛觉得一旦上了电车，就永远没有机会下车了，任凭电车把自己带到什么地方。

车子接近神乐坂时，寂静的道路两旁，排列着两层楼的建筑，使中间的路面显得又细又长。登到半坡上，忽然听到一阵轰鸣。代助以为是风吹过房顶的声音。他站起来，向黑夜中的建筑望去，又环视了屋顶和天上，突然感到一阵恐怖。门窗和玻璃的撞击声越来越剧烈，"啊，地震！"代助站在那里，一阵悚然，他仿佛觉得两旁的房屋一起倒塌下来，将道路埋没了。这时，右边一个小门打开了，一个汉子抱着小孩跑出来喊道："地震，来大地震啦！"代助听到他的叫声，这才放了心。

回到家里之后，听到老妈子和门野都在大谈地震的事。代助觉得他们都没有自己体会的那样深切。睡到床上之后，又思考着三千代托办的事情，一直想不出个好主意。他猜测着近来父亲和哥哥为何那样忙。不管怎样，结婚的事要尽量往后拖延。想到这里，他睡着了。

第二天的报纸上，登载了"日糖事件"[1]的新闻。一家制造砂糖的公司董事，利用公司资金收买了几名国会议员。门野看到那些董事和国会议员被传讯，于是大叫"真痛快，真痛快"，而代助并不觉得有什么痛快可言。两三天之内，受到审查的人越来越多，弄得满城风雨，成为社会上的重大案件。一家报纸把这个案子称作是保护英国利益的审判。据说，英国大使买进了日糖公司的股份，因受到亏损而叫苦不迭。日本政府为了向英国表示歉意，才来了这样一招。

"日糖事件"发生前不久，东洋轮船公司按一成二分红之后的半年里，亏损八十万日元。代助还记得这件事。当时报上还刊登了述评，说这项报告不足为信。

代助对于父亲和哥哥经营的公司一无所知。但他常想，说

---

1 1909 年 4 月，发生于大日本制糖株式会社的一件疑案，在社会上引起很大震动。

不定什么时候也会出事的。他不相信，父亲和哥哥在所有方面都是圣明的。他怀疑要是真的闹起乱子来，两人都有可能被传讯。他们的财产虽然在别人看来，都是全凭能力和本领创造的，但代助不相信这个。明治初年，政府为了奖励移居横滨，曾经分配土地给移民，当时有些人单凭获取土地，就成为具有万贯家私的财主。代助认为，这毋宁说是上天赋予的偶然的时机。他断定父亲和哥哥正是利用这种偶然得来的良机，只图个人的幸福，苦心孤诣为自己建造起了安乐窝。

代助想到这里，就对当时新闻报道并不感到奇怪了，也不再为父兄的公司操那份心了。只是心里还记挂着三千代。不过，空着手去看她，又觉得没意思。所以干脆撂下这份心思，整日价埋头读书。不觉过了四五天。叫他纳闷的是，其后平冈和三千代再没来谈过借钱的事。代助打心里盼着，也许三千代会单独一个人来打听此事的，结果却一直没有等到。

代助感到有些无聊，想到什么地方玩玩。他找出演出节目报来，决定去看戏。他从神乐坂乘上外濠线的电车，到茶之水去。中途改变了主意，想拜访一下住在森川镇的一个名叫寺尾的同学。这人从学校毕业后，不愿教书，发誓要以文学为职业。尽管受到好多人劝阻，他还是干起这桩危险的买卖来了。三年来，仍然未显露名声，一直过着清苦的写字生活。他曾经敦促代助说，有一家杂志同他很熟，不管什么都可以写。所以代助也曾写过一篇内容颇有意思的文章投去，一月后，代助的文章在这家杂志上刊出了，此后由于命运的安排，这家杂志便永久从人世上消失了，代助也就此搁笔。寺尾每逢见面，还是一个劲儿催他继续写下去。"你看我。"他时常说出这句口头禅来。然而听别的人说，寺尾已经陷进去不得自拔了。他很喜欢俄国的东西，尤其爱读那些无名作家的作品。他挣下的可怜的一点钱，都用来买新出的杂志了，这是他的乐趣。在他入迷的时候，代助曾冷言批评说，文学家可不能患恐俄病啊，不经过日俄战争的人，根本谈不上了解俄国。于是，寺尾板起面孔回答，战争总会发生的，日俄战争以后，日本变得多惨，得了恐俄病的人虽说卑怯，然而却是安全的。他仍然继续鼓吹俄国文学。

进了大门来到室内一看，寺尾坐在中央的一张油漆方桌旁边，卷着袖子给帝国大学文学杂志写稿。他说头痛，所以用布巾缠着额头。代助怕打搅他，说改日再来。寺尾留他稍坐，说从早晨起已经挣了两日元五十钱的稿费了。他解下布巾，两人攀谈起来。一开始，寺尾就吹胡子瞪眼睛把现在的日本作家和评论家大骂一顿。代助很有兴趣地听着，心中暗想，寺尾还不是因为没有人赏识他，自己很不服气，故意贬低别人。代助劝他把自己的看法发表出来，他笑着说不能这么办。问他为什么，他避而不答。过了一阵，才说，像你这样无忧无虑的人随便怎么表露自己的意见都行，反正不愁吃喝，自己干的可不是正经事儿。代助鼓励他，这职业也还好，叫他脚踏实地干下去。寺尾说，不，一点都不好，正想找个正经事儿做做呢。问代助能否借点钱给他，认真帮他一把。代助逗他说，等你认为你目前干的就是正经事儿时，我再借钱给你。说完便出了大门。

来到本乡大街上，代助仍然像刚才一样感到无聊，不管上哪里，都觉得缺少点什么。他不想再访亲问友了，仔细回想一下自己，觉得整个身子像得了胃病一样难过。他从四条巷坐上电车到传通院前面，每当电车一摇晃，他那胃囊里的东西也跟着晃荡起来。三点钟以后，他茫然若失地回到家里。门野在门口迎了上来：

"刚才府上派人来，信放在书桌子上啦。我写了收条交他带走了。"

信装在一只古老的漆盒里，涂着红漆的盒面上没有写任何字样，黄铜环儿上系着纸绳，封面上描着墨。代助向桌上瞥了一眼，马上想到这信是嫂嫂给他的，嫂嫂很喜欢这些古董玩意儿，时常做出一些叫人意想不到的事。代助用剪刀剪断绳结，心里想，这真是多此一举。

然而里边的信却同这个颇为讲究的漆盒相反，上面用明白如话的文字写道：

"上次你来相求，让你白白跑了一趟，实在过意不去。后来想想，说了好些对不起你的话。请不要介意。我决定给你一些钱，但不能全部如你的愿。我借给你二百日元，望你马上送给你的朋友。这件事，我不得不瞒着哥哥。娶媳妇的事考虑得怎样啦？上回说过了，打定主意之后，给我个答复。"

信里装着一张二百日元的支票，代助对着这张支票瞧了老半天，他感到有些对不起梅子。那天晚上临回来的时候，嫂嫂问他要不要钱。当代助伸手向她告贷的时候，她严词顶了回来，可是看到代助一旦断念要回去的时候，她反而感到不安，觉得这样一口回绝总有些不近情理。从这一点上，代助看到了女性心灵的美丽和软弱。他失掉了对这种软弱进攻的勇气，因而他不忍挑逗女人的这种高尚而柔弱的心灵。"嗯，我不要，反正我会想办法的。"说完就分别了。他想梅子听到自己这些话，肯定感到心寒。这些冷冰冰的语言，说不定会触动她平生中的一些心思，所以才决心写这封信来的吧。

代助立即写了回信，他尽量使用一些热情洋溢的语言，对嫂嫂表示感谢之意。这种心情对哥哥没有过，对父亲没有过，对社会上一般的人也从来没有过。就是对于梅子近来也很少有过。

代助打算马上就到三千代那里去。说实在的，二百日元对代助说来，真是不好干什么。他想，她既然肯给这么多，当初狠狠心全部答应下来，不就更能使得人家高兴了吗？不过，这只是代助离开梅子到三千代那里去的时候的想法。他认为，大凡女人，即使是善断的女人，在感情上也总有些拖泥带水，所以他并没有什么不满的情绪。相反，女人的这种优柔的态度，比起办事果决的男人来，更具有深厚的同情心。想到这里，代助心里非常快意。假如送给代助二百日元的不是梅子，而是父亲，那他就会觉得父亲在经济上太小气，说不定会引起自己的反感。

代助连晚饭都没有吃就匆匆外出了。他从五轩街沿着江户川来到河对岸的时候，已经不像刚才散步回来那样精神疲惫了。他走上高坡来到传通院横街上，看到寺院与寺院之间又细又长的烟囱，不断向云雾腾腾的天空喷吐着黑烟。代助想，这些贫弱的工业为了生存下去，正在痛苦地喘息着。他又暗暗联想起住在附近的平冈来。代助在这种时候，美与丑的念头常常压过同情的心理。他为空中飘散着的可悲的煤烟所刺激，刹那之间几乎将三千代的事完全忘却了。

平冈家门口的脱鞋板上放着一双女人穿的多层草鞋。他推开格子门，三千代从里面走出来，衣服窸窸窣窣地响着。此时，门内两铺席的小房间里黑洞洞的，三千代坐在里面打着招呼。起初，她似乎不知道是谁来了，一听到代助的声音，就低声说道：

"我当是谁呢……"

代助望着三千代那不甚分明的身姿，觉得比寻常更美了。

听说平冈不在，代助心里嘀咕起来。他觉得这样说起话来又方便又不方便。然而三千代却同平时一样沉静。灯也不点，关着门，两人坐在昏暗的屋子里。三千代告诉代助，女佣也不在家，自己外出办点事情，刚刚回家才吃完晚饭。不一会儿，就谈到了平冈。

不出所料，平冈在到处奔走。不过，这一周来，没怎么出去，说太累了，常常在家里躺着。要么就喝酒，有人来访，也是一个劲儿喝酒，而且好发火，经常骂人。

"同过去不一样，脾气可大啦，真难办哪。"

三千代说着，似乎在寻求同情。代助闷声不响。女佣回来了，在厨房里弄得东西嘎哒嘎哒直响。过一阵，她端来一盏用斑竹作灯台的油灯，就出去了，关门时偷偷看了代助一眼。

代助从怀里掏出那张银行支票，仍然叠成两折放在三千代面前，叫了声"夫人"。代助管三千代叫夫人，这还是头一回。

"这是上次要向我借的钱。"

三千代没说什么，只是抬眼望望代助。

"本想马上送来，只因手头有些不便，竟拖延到现在。怎么样，都安顿好了吗？"代助问。

三千代忽然压低了嗓门，有些不安，声音里带着怨愤的情绪。

"哪里，真没办法安顿下来啊。"

三千代说完，两眼凝视着代助。代助把折在一起的支票打开来。

"这些钱够吗？"

三千代伸手接过支票。

"谢谢，平冈一定高兴的。"她把支票小心翼翼地放在铺席上。

代助简单讲了讲借钱的经过。他说，看起来自己好像无忧无虑的样子，一旦有事情要去求人的时候，就无能为力了。他要三千代不要见怪。

"这我全知道，不过，我实在出于无奈，才去难为您的。"三千代有些不好意思，她抱歉地说。

"这些钱总可以派些用场吧，要是还急需，我再想想办法。"代助叮嘱道。

"再想什么办法？"

"画个押去借高利贷。"

"哎呀，那怎么成！"三千代马上制止他，"您会受苦的！"

听三千代说，平冈心绪变坏的原因，是从借那笔倒霉的债开始的。平冈在那里，起初是个非常勤奋的人，后来，三千代产后得了心脏病，身体不好，他就东游西荡起来。开始还有所节制，三千代也只当是一般的交际，没办法去管他。后来越来越不像话，三千代担心了。自己身体愈加不好，平冈就愈加放荡。

"他不是不喜欢我，都怪我自己不好。"三千代故意反省自己，不一会儿，她又带着凄凉的神情自白道：

"我常想，要是孩子能活着，他也许对我会好一些的。"

代助觉得在经济问题的背后，还潜藏着夫妇之间的关系问题，但他没有仔细询问。临走的时候，他鼓起勇气说：

"你不要这样软弱，要像过去那样振作起来。有空到我家里玩。"

"说的是啊。"三千代笑了。他们两人都从对方的脸上看到了昔日的影子。平冈始终没有回来。

中间隔了两天，平冈突然来了。那天干燥的风吹拂着晴朗的天空，望去一片蔚蓝，气候比平时炎热。早报上刊登着如何培育菖蒲的文章。代助买的那一大盆君子兰放在廊檐下边，花儿全谢了。剑一般的绿叶，分开花枝，生机勃勃地长了出来。老叶子在阳光照射下有些发暗，其中有一片中间折断了，在距离柄半寸远的距离上骤然低垂下来，露出锐利的叶锋。代助看了很心疼，他拿起花剪来到廊子上，将那片断叶剪掉了。于是，肥厚的切口上立刻涌出了浓厚的绿汁。代助瞧了一阵，那绿汁渐聚渐多，不断滴落在走廊上。他分开散乱的叶子，凑过鼻子想嗅嗅香味。他没有理会滴在廊子上的绿汁。

当代助直起腰来，从袖口里掏出手绢擦干净花剪的锋刃的时候，门野来报告说平冈先生到了。此时，代助头脑里丝毫没有想到平冈和三千代的事。他正在被那奇异的绿汁所吸引，眼下的一举一动似乎都带着超脱世俗的情调，然而一听说平冈的名字，这种情调立即消失。他真有些不愿意会见他呢。

"叫他到这里来吗？"听到门野的催促，代助这才答应一声，走进了客厅。随后，平冈被领了进来。他已换上夏季的西装了，领子和白衬衣都是新的，佩着时兴的针织领带，谁也看不出他是一个无职业的游民。

谈了一会儿，才知道平冈的事依然没有进展。据他说，最近活动了一阵没有用，每天只好闲荡，要不就在家里睡觉。说完，平冈大笑起来。代助搭讪说，那也很好嘛。接着就谈些无关痛痒的世俗人情消磨时间。实际上是为了回避一个问题。他们虽然东拉西扯随便聊天，可两人的内心里都有一种紧张感。

平冈闭口不谈有关三千代以及借钱的事。对于三天前代助到他家里访问他不在的事，也只字未提。起初，代助还以为平冈有些碍口，过了一阵，感到他神情冷淡，这才有些不安起来。

"两三天前，我到你那里去过，你不在家。"代助说。

"嗯，听说了，谢谢你。我本来不打算麻烦你的，谁知她有些太过虑了，找到了你，让你劳神，真对不起啊。"

平冈冷冷地说了几句感谢的话，接着，他好像把三千代完全当作外人似的分辩道：

"今天我虽然来表示感谢，今后她本人还会正式来道谢的。"

"有啥必要那般认真呢。"代助回答。话到这里打住了。两人又扯到一些无聊的方面去了。"看情况，我也许不搞实业啦，越了解内幕，越不愿干，而且我也没有勇气再往这方面努力啦。"这时平冈突然打心底里说出了这样坦白的话。

"也许是这样。"代助应了一句。平冈对代助冷淡的态度似乎很感到吃惊，又接着说：

"上次说了，我想到报社去。"

"有位置吗？"代助问。

"目前有一个，说不定能行。"

刚才他还说到处活动也没有用，只好闲着，现在又说报社有个位置，这话真是叫人不得要领。代助也不想穷追下去。

"这工作也蛮有意思。"代助表示赞成。

平冈回去的时候，代助送到大门口，然后他把身子靠在格子门上，站了好一会儿。

门野也一起盯着平冈的背影，忽然说了一句：

"平冈先生比想象的阔多啦，看那一身打扮！相比之下，我们这里倒显得寒酸啦。"

"不能这么说，近来都是这样。"代助站着回答。

"是啊，如今的世道，光从打扮上看不出来。一看到穿戴像个少爷，总觉得是大户人家出身哩。"门野马上随声附和。

代助没有吱声，走回书斋去了。滴在廊子上的君子兰的绿汁渐渐变稠而干涸了。代助特意关好书斋和客厅之间的隔扇，一个人回到室内来。送走客人之后总要独自坐一会儿，这是代助的老习惯。今天心情有些烦乱，尤其需要安静一下。

平冈终于离开了自己。每逢同他见面，心里总感到有些疏远，说话也只是应付应付。老实说，不光对平冈，见到任何人都是这种心情。现在的社会，只不过是每个孤立的个人的集合体。大地自然是连成一体的，然而一盖上房子，就变成一块一块的，住在房子里的人也都被分割开了。代助认为，所谓文明就是把自我尽量孤立起来。

同代助交往时的平冈，是个喜欢看别人家为他哭泣的人，现在也许还是这样。不过从脸上是看不出来。不，他的一举一动都在极力排斥别人的同情。他也许觉悟到了，或者得出了这样的结论：忍受着一切，孤立地生活下去，这正是现代社会本来的面目。

同平冈交往时的代助，是个爱为别人哭泣的人。但是，他渐渐流不出眼泪来了。这倒不是说现代社会不需要眼泪，而是现代社会的精神是不许人们哭泣。肩负着西方文明的重压，在剧烈的生存竞争状态中喘息着，挺立着，并真正为别人而哭泣的人，代助至今未碰到一个。

代助对现在的平冈与其说是产生了隔阂，毋宁说是厌恶。他判定对方对自己也是一样的感觉。代助的心里时时泛起过去的影子，他感到惊奇。那时的自己是非常哀伤的，而现在，这种哀伤的情绪完全淡漠了。他果然凝视着自己的黑影，只有这才是真实的。他想，自己是不得已才变成现在这个样子的。

代助十分清楚，陷在这种孤独的深渊里是非常令人苦恼的。他把这种境遇当成是现代人的必然的命运。因此，自己同平冈之间的距离，在他眼里只不过是各人在寻常的生活道路上行进的结果。然而，他不能不意识到，他和平冈之间的特殊关系，使得两人的距离比起一般人来迅速拉大了。这是由与三千代结婚引起的。劝说三千代嫁给平冈，本来是代助自己干的。他并不悔恨当时的作为是由于头脑简单。至今回顾起来，仍感到自己做了一件值得夸耀的十分体面的事情。但是三年过去了，生活里一种自然的特有的结果，突现在他们两人的面前。他们只得抛弃过去的满足和光荣，不得不低下头来。平冈朦胧地思考着，为什么单要娶三千代呢？代助也似乎反躬自问，为什么要极力玉成三千代同平冈的婚事呢？

代助闷在书斋里沉思了一整天。晚饭时，门野进来了，他喋喋不休地说：

"先生学习了一整天，也该出去散散心呀。今晚是毗沙门[1]的缘日，演艺馆里有中国留学生演戏。去看看究竟有些什么节目吧。这些中国人脸皮挺厚的，什么事都不在乎……"

1　佛教中四天王之一，是手持长矛、守卫北方的福神。

九

　　代助又被父亲叫去了。他大体知道父亲叫他为的什么事。平时，代助总是尽量躲着父亲，不和他见面，最近更不到他房里去了。见着了，即使讲几句正经话，肚子里总觉得是对父亲的侮辱一般，很难平静下来。

　　作为人类的一个成员，代助认为今天人们如果在内心里不互相抱着忌恨就决不互相接触，他把现代这样的社会称为二十世纪的堕落。按照他的解释，这是由于近来急剧膨胀的生活欲望的强大压力，促进了道德观念的崩溃，是新旧两种欲望冲突的结果。最后，他体会到，人们追求美好生活的强烈欲望，正是从欧洲席卷过来的社会潮流。

　　这两个因数，必须在某一点上取得平衡。然而代助坚信，贫弱的日本在财力上未取得同欧洲强国并肩前进之前，这种平衡在国内是实现不了的。而这样的一天是永远不会到来的。因此，陷入困境的日本的许多显贵，每天约束自己不去触犯法律，或者只在头脑里犯罪。所以大家欢谈之间，彼此都很清楚对方在继续犯罪。代助作为人类的一分子，他不堪忍受这种侮辱别人，同时又受到别人侮辱的生活。

代助的父亲，比起一般人来，是个稍稍带有特殊倾向的性格复杂的人物。他受过维新前武士固有的道德规范的教育。这种教育将人的情意和行为拒之于千里之外，根本不把人们实地存在的真情实感放在眼里。尽管这样，父亲囿于习惯，一直笃信这种教育。另一方面，他又从事着容易被剧烈的生活欲望冒犯的商业活动。到今天为止，父亲实际上每年都被这种生活欲望所腐蚀。所以，在他身上，过去和现在有着很大的差别。但是，父亲不承认这种差别。他公开说过，他之所以能完成今天这样的事业，正是照过去的愿望行事的结果。不过，代助认为，不冒犯封建时代公认的教育规范，现代的生活欲望就会处处受到限制，而无法得到满足。如果将这两者兼收并蓄，那么本人就会陷入矛盾之中，备受痛苦的折磨。如果内心里感受到痛苦而缺乏自觉，不知道这种痛苦从何而来，那么就是一个头脑迟钝的劣等人。代助每见到父亲，总觉得父亲不是一个隐藏自己观点的伪君子，就是一个不明事理的愚人。有了这样的想法，他越来越对父亲产生了反感。

不过，父亲这样的人，代助也拿他实在没有办法。代助清楚地知道这一点，所以，他从来没有把父亲逼到走投无路的境地中去。

代助认为，一切道德的出发点都不能脱离社会现实，头脑里预先装填上一种僵硬的道德观念，然后用这种道德反转来企图推动社会现实的发展，这是最大的本末倒置。所以，在代助看来，日本学校里讲授的伦理学课程，是毫无意义的。他们从前在学校里讲授过古代的道德。要不就给学生灌输适应一般欧洲人的西洋道德。这些东西在被剧烈的生活欲望驱策的不幸的国民眼里，不过是迂阔的空谈罢了。受到过这种迂腐教育的，他日再来观察社会的时候，就会把过去的说教当作笑谈，或者觉悟到自己受骗了。至于代助，不光在学校，平日从父亲那里，仍然在接受着与社会不相容的严格的道德教育。代助不时地感到悔恨，他的头脑里充满了极度的矛盾和苦恼。

前几天，代助到梅子那里致谢，梅子提醒他到里面去给父亲请安。代助笑着漫不经心地问："父亲在家吗？"当梅子告诉他在家的时候，他连忙说："这次太匆忙，算了吧。"说完，就回去了。

今天代助特意来访，不管怎么说，总得去看看父亲。他仍旧从二道门转过来，走到客厅时，发现哥哥诚吾盘腿坐着喝酒，梅子也在旁边。这倒是很少见的。

"过来，喝上一杯！"哥哥看到代助，把面前的葡萄酒瓶拿起来摇晃了几下，里面还有好多。梅子拍了一下手，叫人送来一只杯子。

"猜猜看，是放了多长时间的陈酒？"梅子斟了一杯。

"代助哪里晓得。"诚吾望着弟弟的嘴唇说。代助喝了一口放下杯子。盘子里盛着薄薄的酥饼，权当下酒的菜。

"很香啊！"代助说。

"猜猜看，多少年啦？"

"这酒放了好几年了吗？可叫你买着啦。回去时，我也带上一瓶。"

"真不巧，就这些啦，是人家送的。"梅子说着，来到廊缘上，抖了抖撒落在膝盖上的酥饼屑子。

"哥哥今天怎么啦？为啥这般高兴？"代助问。

"今天休息，前一阵子忙坏啦。"诚吾嘴里叼着灭了火的烟卷，代助拿起身旁的火柴，给他点上。

"阿代倒是一直无忧无虑的。"梅子从廊缘边走了回来。

"嫂嫂到过歌舞伎剧院吗？要是没去过，还是去看看，可有意思啦。"

"你已经看过啦？真没想到，你也真够懒散的。"

"懒散可不好，那要荒废学业的。"

"你尽强人之难，一点也不了解人家的心思。"梅子盯着诚吾。诚吾眼皮都红了，他"噗"地吹了一下烟灰。

"你呀，快点。"梅子催促着。诚吾不耐烦地把烟卷夹在指缝里，说：

"趁现在好好用功，等我们穷了，你可以搭救我们一把。"

"阿代，你想当演员吗？"

代助没有说什么，他把杯子放到嫂嫂面前。梅子也闷声不响地端起了葡萄酒杯。

"哥哥，你不是说这个时期忙得够呛吗？"代助又回到原来的话题上。

"可不，实在受不了啦！"诚吾说着躺倒了。

"是不是同日糖事件有牵连？"代助问。

"同日糖事件没关系，只是忙来着。"

哥哥的回答，总是叫人不明不白的，他也许不想把话说得十分明了，不过代助听起来，哥哥似乎本来就不感兴趣，他懒得再提这类的事。因此，代助又兴致勃勃地接下去问：

"日糖也越来越糟啦。在那之前，难道就无法挽救了吗？"

"是啊，世界上有些事会变得怎样，谁也说不准啊。梅，今日要告诉直木，得让赫克托稍稍蹓蹓腿儿，那样喂饱了尽让它躺着不行呀。"诚吾困倦得不断用手指揉眼皮。

"到里面去又要挨父亲的骂啦。"代助又把杯子放到嫂嫂面前。梅子笑着给他斟上酒。

"为了婚事吗？"诚吾问。

"我想大概是吧。"

"娶过来算啦，不要再叫老人烦心了。"诚吾更加一板一眼地嘱咐着，"可要小心，最近父亲的情绪有些不好。"

"成天东奔西走的，感到厌倦了吧？"代助站起身来，问了一句。

"一言难尽，你们瞧着吧，我们这号人和日糖的要人一样，说不定什么时候会受到传讯的。"哥哥翻了个身说。

"别瞎说啦。"梅子有些发窘。

"是不是我游手好闲才惹他生气的？"代助笑着出去了。

代助沿着走廊穿过院子，来到堂屋一看，父亲正坐在紫檀八仙桌前看汉学书。父亲喜欢诗，一有空闲就展读中国人的诗集。可也有时候越读心绪越坏。碰到这种情况，连性格柔和的哥哥，都尽量躲着他。要是碰到非见面不可的时候，就另采取一种手法：把儿子诚太郎或女儿缝子拉着一道去。代助走到廊缘边时，也想学哥哥那样，又觉得没啥必要，就穿过客厅，来到父亲的卧房里。

父亲首先摘下眼镜，放在摊开的书本上，抬头望着代助。

"你来啦？"他只说了这样一句话，语调反倒比平时更温和起来。代助双手放在膝头，心想，哥哥板着脸在蒙混自己呢。代助只得喝着苦茶，在闲谈里挨着时光。父子俩扯起来没个完，什么今年芍药开得早啦，听了《采茶谣》就想睡觉啦，哪里哪里长着一棵大藤，它的花足有四尺长啦，等等。代助看到父亲很有兴致，也不断接下去，话题越拉越远。最后父亲截住了话头，"今天叫你来是为了……"于是谈话终于进入了正题。

此后，代助一言未发，只是恭恭敬敬听老子说下去。父亲看到儿子这种态度，也只得像上课一样，一个人说个没完没了。不过，他说的大半是老生常谈，代助仍然倾听着。

代助从父亲冗长的说教里，体会到两三点新的东西。其一，父亲认真地向他提了个问题："你将来究竟打算怎么办？"过去，代助只听任父亲对自己的开导，所以对父亲习惯于敷衍了事。这回叫他答复这样一个重大的问题，就张不开口了。如果乱说一阵，父亲马上就会生气的；要是老老实实袒露内心的想法，说明这两三年来没有照父亲的想法行事，那么他是不会赞同的。面对这样一个大难题，代助丝毫不想明确道破未来的打算。他认为，这对自己来说，是理所当然的。不过，要说服父亲同意自己的想法，还需要一段很长的时间。也许他这一辈子都行不通。要想博得父亲的欢心，就得大谈为国家，为天下，为了经济的景气这些同结婚势不两立的话。然而代助不管如何想苛责自己，都没有勇气说出这些混账话来。他出于不得已，只好回答说："自己虽然有了种种计划，但都很乱，想来同父亲商量一下。"说完，他又感到实在滑稽可笑。

接着，父亲问代助想不想有一笔独立的财产。代助回答说，当然想了。父亲就叫他娶佐川的女儿作为条件。代助搞不清楚这财产将由佐川的女儿带过来还是父亲传给他的。代助仔细打听了一下，始终不得要领。他想，何必朝这方面多费心思。

其次，父亲问他想不想去留学。代助满口答应。不过，还得以结婚为先决条件。

"一定要娶佐川家的姑娘吗？"代助最后问。这下子父亲的脸涨红了。

代助一点不想惹父亲生气，他近来有一个主张，同别人吵架就是一个人堕落的表现。他认为引人发怒也是属于吵架的一部分，这样做不光得罪了对方，而且亲眼看着那种不愉快的表情，这本身就是对自己宝贵生命的严重打击。他对罪恶有自己独特的解释。但他不相信，一个人只要顺乎自然就能免除惩罚。他坚守这样的信念，杀人犯受到的惩处，正是被害人肉体里涌出的鲜血。因为当他看到这迸出的血光，不能不使他清晰的头脑从此迷惘起来。代助就是一个神经敏锐的人。所以当他看到父亲脸红的时候，心中顿然不快起来。然而，他丝毫不想用唯命是从，来重新换取父亲对自己的过错的宽宥。这是因为在另一方面，他又是一个精神上具有极强自信的人。

此刻，父亲的话语里充满了热情。他说自己已经上了年纪，时时为儿子的未来操心，给儿子找媳妇是做父母的义务。至于婚姻问题，父亲远比儿子想得周到。父亲特别叮嘱说，别看现在你把旁人的话当作多管闲事，总有一天你会主动求父亲干预这件事情的。代助慎重地听着，父亲讲完话以后，他仍然没有表示许诺的意思。于是，父亲故意压低嗓门说道：

"好吧，佐川那里就算啦。你就把自己喜欢的姑娘娶来好啦。那想必是你满意的人了吧。"

这同嫂嫂说得一模一样。代助当然不能像对梅子那样苦笑一下就算完事。

"并没有什么满意的人。"代助明确地回答道。

"你也得为我着想着想，不能老是考虑自己。"

父亲有些上火了，他的话说得很急。父亲突然甩开代助，为着自己的利害转圈子了。这使代助感到惊奇。他对父亲这种不合逻辑的急剧变化而有些意外。

"您自然想得十分周全，那让我再想想吧。"代助回答。

父亲越发不高兴了。代助同别人应对起来，有时总固守着自己的观点，这就给对方一种感觉，似乎自己的目的就是为了驳倒人家。实际上，他最讨厌同人家争论不休了。

"我叫你娶媳妇，并不是全为我自己考虑。"父亲修正刚才说过的话，"你听听我给你摆摆道理，你都三十了。一个正经人到了三十岁还不结婚，你知道人家会怎么想吗？当然啰，今天不像过去，有人愿意打一辈子光棍。不过你想过没有，打光棍会给父兄惹来麻烦，最终要损害自己的名誉啊！"

代助只是茫然地望着父亲的脸。因为他几乎摸不透父亲是针对他哪一点说的。过了一会儿，他才开口：

"这是我自己的事，我有我的喜好……"

"不对！"父亲立即打断了他的话。

两人沉默了半晌。父亲以为这种沉默正是制服儿子的结果。不一会儿，他又和缓地说：

"你好好想想吧。"

代助答应了一声，退出了父亲的房间。他来到起居室找哥哥，没有见着。他问嫂嫂在哪里，女佣告诉他在客厅里。代助走到那里推开门，看见缝子的钢琴老师来了。代助向他打了声招呼，把梅子叫到门口对她说：

"你把我的事全给父亲抖搂了吧？"

梅子哈哈大笑起来。

"快进来，你来得正好。"说着就把代助拉到钢琴旁边。

十

　　到了蚂蚁能爬进房里来的时节了。代助在一只大盆里盛满水，把雪白的铃兰花茎浸在水里。一簇簇细碎的花朵，遮盖着绘有浓重花饰的盆沿，水盆稍微动一动，花瓣就簌簌掉落下来。代助把它放在一本大字典上，旁边放着枕头，仰天躺了下来。乌黑的脑袋正好靠在水盆背阴里，阵阵花香，扑鼻而来。代助嗅着花的香味，睡着了。

　　代助时常从外界受到巨大的刺激。这种刺激有时十分强烈，使得代助连晴天里的太阳光照到身上都忍受不了。每到这种时候，他尽量减少社会交际，不管早晨还是中午，一个劲儿埋头睡觉。而且经常用极为淡雅而清醇的鲜花陪伴自己。他闭上了眼皮，谢绝光线进入眼球，用鼻孔静静地呼吸着。枕畔的花香，荡走了他的一切烦躁情绪，将他送入梦乡。这办法一旦灵验，就会使他的神经重新恢复过来，从而更轻松地投入社会交际中去。

代助被父亲叫去之后有两三天时间，他每逢看到庭院角落里盛开的红玫瑰，就感到那点点红色刺激着眼睛，简直有些受不了。每当这时，他就把目光立刻转向水盆旁边的紫萼的叶片上，这叶子上生着三四条银白色叶脉，长长地胡乱交叉在一起。代助每看到一次，就觉得它的叶子又长了许多。于是自己的心情仿佛也同那白色的叶脉一样，无拘无束地伸展开去。石榴花看起来比玫瑰还耀眼，使人感到气闷。在绿色丛中一闪一闪的，颜色显得太浓了，同代助目前的心情很不相符。

代助眼下的心情，虽然时好时坏，总体来说却带着一种灰暗的色调。因此，过度接触色彩鲜明的东西，就会产生极度的痛苦，即使紫萼的叶子，看久了也会感到厌恶。

此外，他对现代的日本抱有一种特殊的不安，这就是人与人之间缺乏信赖造成的野蛮现象。他对这种精神状态感到极大的苦恼。他是不喜欢把信仰寄托于神明的，作为一个有头脑的人，他也不愿意将信仰寄托于神明。但是，他相信人与人之间如果互相有了信赖，更没有必要依靠神明了。他认为人们为了解脱互相之间的猜疑所带来的痛苦，才承认神明存在的权利。因此，凡是信神的国家，人们都是极尽尔虞我诈之能事。然而，代助发现今天的日本是个既不相信神也不相信人的国家，他把这种现象归结为日本的经济发展造成的。

四五天前，他在报上看到刑事警察勾结小偷干坏事的新闻，这不仅限于一两个人。据另一家报纸报道，这些案子如果逐一深究下去，说不定东京就会暂时陷入没有警察的状态。代助读完这条消息，只有苦笑。月薪微薄的刑警们，为了渡过生活的难关，结伙作恶，实在是很自然的事。

代助见到父亲谈到自己婚事的时候，也多少带有这样的感觉。不过，这是由于他对父亲不信任引起的。父亲的话对代助来说，只不过是一种不幸的暗示罢了。代助内心里接受了这种可怕的暗示，他并不觉得这样做是违背道义的。因为他认为，即使事实摆在眼前，父亲这样做依然是有道理的。

代助对平冈也抱着同样的心情，但平冈原谅了他，觉得代助的这种想法是理所当然的，但他并不喜欢平冈。代助是爱哥哥的，但是对哥哥也不抱什么信仰。嫂嫂是个好心肠的人，她不直接掌管生活大计，仅就这一点，代助觉得她比哥哥更容易接近。

代助平生对社会无所用心，所以他尽管有些神经过敏，但很少抱有不安的情绪。他自己也清楚地知道这一点。不过，现在不知怎的，他有些坐卧不安了，代助想这可能是生理上的变化引起。于是，他把人家送的据说是从北海道采集的铃兰花束解开来，全部浸泡在水里，自己躺在下边睡了一觉。

一小时之后，代助睁开又黑又大的眼睛。他的眼神盯住一个地方纹丝不动。手和脚摊开来，完全像死人一般。这时一只黑蚂蚁，沿着他的绒布衣领爬到喉头旁边，代助猛地抬起右手，按住了咽喉。他额上聚起了皱纹，用手指夹住那个小动物，拿到鼻尖上瞧着。此时，蚂蚁已经死了，黑乎乎地粘在食指尖上。代助用大拇指的指甲弹了弹，坐起身来。

膝盖周围还有三四只，正在爬着，代助用薄薄的象牙小刀把蚂蚁一只只捻死，接着拍手招呼人来。

"您醒啦？"门野出现了，"沏杯茶来吗？"

"我睡觉的时候，有人来过吗？"代助一边搔着宽阔的胸脯，一边沉静地问。

"嗯，有人来过，是平冈夫人。您倒挺清醒嘛。"门野若无其事地回答。

"为啥不叫醒我？"

"我看您睡得正香来着。"

"有客人来，睡得再香也要叫啊。"代助的语气有些强硬了。

"不过，是平冈夫人叫我不要喊醒您的呀。"

"那么夫人已经回去啦？"

"说不上什么回去不回去，她说到神乐坂买点东西，回头再来。"

"噢，回头还来吗？"

"是的，她本来要等您醒的，夫人来过这间屋子，她瞅瞅您的脸，看您睡得正香，大概以为您不会马上醒的吧。"

"后来就走了吗？"

"嗯，是这样的。"

代助笑嘻嘻地用双手抹了一下刚睡醒的脸，就到洗漱间去了。他满头湿漉漉的，回到走廊上瞧着院子。他的心情比先前好多了，兴高采烈地望着两只燕子在阴霾的天空里飞舞。

打从上次平冈来访之后，代助一心巴望三千代快些来。然而，平冈的话一直未能兑现。是因为出了什么事，三千代故意不来了，还是平冈本来就是为了讨他欢喜才那么说的？他有些疑惑了。代助从内心里似乎感到了某种空虚，然而，当他尚未从生活经验里找到这种空虚的时候，他不想追究空虚的原因是来自哪件事情。因为他觉得对自身生活经验的进一步探求，会发现内部有一个更大的暗影在晃动。

从此，代助尽量避免去访问平冈。散步的时候，他多半朝江户川那个方向走去。在樱花飘香的季节，晚风拂拂，代助从四座桥的这岸走到对岸，再从对岸回来，沿着长堤漫步。如今，樱花已经落尽，枝头早已披上了绿荫。代助时常站在桥中央，倚着栏杆，两手撑着下巴，透过茂密的树叶，凝视着笔直的光闪闪的河水。再向前望过去，河面渐渐变窄，那里是目白台高高耸立的树林。然而，他走过桥面，没有登上小石川高坡就回来了。有一次，他在大曲这地方隔着半条街，看到前面平冈走下电车的身影，代助断定那准是平冈，于是他马上折回了扬场街。

代助惦记着平冈的安危，心想，他一定陷在朝不保夕的生活境遇里。代助又想，平冈也许找到了新的生活出路，然而，他却不愿意追上去问个明白。他预料着同平冈见面，总有一种难以捉摸的不快心情。代助关心平冈的处境也只是为着三千代。他不忌恨平冈，代助仍然希望平冈获得成功。

代助就是抱着这样空虚的心境挨到了今天。起先，他叫门野拿枕头来，一门心思要午睡的时候，脑袋受不住白日的强烈光线的刺激，他真想把脑袋沉浸到蓝色的深水里去。这时，他痛感生命的可贵。因此当他灼热的头颅靠在枕头上时，什么平冈啦，三千代啦，对他来说都几乎不存在了。幸好，他心情平静地睡着了。就在他安安稳稳睡觉的时候，仿佛觉得有人轻轻走进来，又飘然离去了。他睁开眼坐起来，这种感觉仍然留在头脑里没有消逝。所以，他才叫来门野，问他在自己睡觉的时候有没有人来过。

代助站在走廊上用两手罩住额头，遥望燕子在高空里快活地飞旋。不久，眼睛有些眩晕，便回到室内来。因为估计三千代就要来访，这早打乱了他平静的情绪，再也沉不下心来思考和读书了。最后，代助从书架上取下一大本画集，摊在膝头上翻看，不过，他只是用指头一页页掀过去，每幅画连一半的内容都体会不出来。不一会儿，翻到了布朗温[1]的画了。代助平生对这位装饰画家十分感兴趣，像往常一样，他的眼睛忽然亮了，精神一下子集中到画面上来了。这是一幅海港画，背景用粗大的线条画着木船、桅杆和白帆，其余部分衬托着天空中光彩夺目的云朵和碧森森的海水。画的前面有四五个光着身子的工人，他们岩石一般的骨骼以及从肩膀到脊背一块块结实的筋肉，看上去有的地方像山巅，有的地方像暗谷，给人一种力量的美感。不一会儿，代助任凭画集摊放着，移开目光倾听着动静。这时厨房里传来了老妈子的声音，原来是送牛奶的。她手里的空瓶子发出碰撞的响声，急匆匆走出去了。宅子里很静，不管什么动静，都逃不脱代助灵敏的听觉。

代助呆呆地望着墙壁出神，他想唤门野来，问清楚三千代是否说过几点钟来访。不过这有点太痴，所以作罢了。不仅如此，他还想，别人的妻子来访，自己干吗这样急不可耐呢？如果有这般向往之情，自己随时都可以去交谈一番。当他觉察这种矛盾心情的时候，不能不为自己的荒唐而感到羞愧。他有些坐不住了。然而，他清楚地知道自己产生这种荒唐想法的原因是什么。但对现在的自己来说，这种荒唐的精神状态却是不可

---

1 Frank Brangwyn（1867—1956），英国画家。

排遣的唯一的事实。同这个事实相违背的道理，都是和自己毫无关系的，或者只不过是对自己的一种蔑视。他想到这里又回到椅子上。

在三千代到来之前，代助仿佛不知道自己是如何度过这段时光的。听到外面有女人的声音，他的胸脯为之一震。他这个人说话做事逻辑性很强，可心脏的跳动却很弱。他近来之所以不太发怒，完全是受主观的控制，他的理智不容许因生气而糟蹋身子。然而在其他方面，他只好任凭情绪支配着自己的行动。当出外迎客的门野噔噔噔地走进书斋门口的时候，代助红彤彤的脸颊，微微失去了光泽。

"到这儿来吗?"门野简要地弄清楚了代助的意向。他不想问会客是在客厅还是书斋这类啰唆话，只靠这三五个字解决问题。代助"嗯"了一声，像要赶走候在门口等吩咐的门野一样，自己先站起来，向走廊上探了探头。三千代站在大门和廊子的接头处，看着这边，有些犹豫不前。

三千代的面色比上次见面时更白皙了。代助用眼睛和下巴颏示意叫她过来。三千代走到书斋门口时，代助听到了她的喘息声。

"你怎么啦?"他问。

三千代没有回答什么，就走进了屋子。毛料和服的里面，穿着衬衣，手里拎着三支白色的大百合花。她把百合一下子扔到圆桌上，在旁边的椅子坐下来。刚刚梳理好的银杏结发型压挤在椅背上，她也全然顾不得了。

"啊，好苦呀。"她说着，对代助笑了笑。代助拍拍手叫人拿水来。三千代默默指指桌面，那里放着代助饭后漱口用的玻璃杯，杯里还剩两口水。

"干净的吗？"三千代问。

"是我刚才喝过的。"

代助端起杯，犯起了犹豫。他想坐着不动把水泼掉，可是格子门外的一扇玻璃窗户挡住了。门野有个习惯，他每天早晨总要留下一两扇玻璃窗，照样关着。代助站起来，走到廊缘旁边，把水泼到院子里，一边喊门野。刚才还在跟前的门野到哪里去了？喊了半天也不答应。代助迟疑了一下，又回到三千代身边来。

"马上就拿来。"

他把空杯子又放回圆桌上，向厨房走去。他穿过茶室，门野正笨手笨脚地从茶叶盒向外掏玉露茶叶呢。

"先生，马上就好。"他看到代助解释道。

"茶回头再说，先要水啊。"说着，代助自己走向厨房。

"哦，是吗？我来拿。"门野放下茶叶盒也跟着走过来。两人一起找杯子，没找到。打听老妈子到哪里去了，回答说去给客人买点心去了。

"点心没有了，应该早些买好了放着。"代助打开龙头向碗里灌满了水。

"我预先没有告诉她有客人要来。"门野难为情地搔着脑袋。

"你自己可以去买点心嘛。"代助冲着门野说了这样一句，出了厨房。门野又回答说：

"她说除了点心还要买点别的东西，脚坏了，天气又不好，我叫她不要去的。"

代助头也没回，走回了书斋。他跨过门槛，进了屋子，望望三千代的脸。这时三千代的膝盖上两手正捧着代助刚才放下的那只玻璃杯。杯里盛着水，有代助泼掉的那样多。代助端着茶碗，茫然地站在三千代面前。

"从哪儿弄的？"他问。

三千代用往常那样沉静的语调说："谢谢，已经够啦。刚才我喝了那里的水，挺干净的。"

三千代望着浸着铃兰花的瓷盆。代助在这只大盆里盛了大半盆子水。牙签一般细小的花枝在水里泛着淡淡的青色，透过花枝的间隙，可以隐约看到瓷盆上的花纹。

"干吗要喝那里面的水？"代助莫名其妙地问。

"总不至于有毒吧？"三千代把杯子拿到代助面前给他看。

"毒是没有，万一是两三天以前的水呢？"

"不会的，刚才我来的时候，凑过脸去闻过。那个哥儿也说是刚从桶里倒出来的。没关系，又香又甜哩。"

代助默默地坐在椅子上。他没有勇气追问她，喝盆里的水是为了寻求诗意还是生理上的作用促使的？即使是前者，代助也不相信三千代果真会学习吟诗和写起小说来。

"心情好些了吧？"他问。

三千代面颊渐渐现出了红晕。她从袖口里掏出手绢，一边擦嘴唇，一边叙说着。原来她从传通院前边乘电车到本乡买东西，向人一打听，本乡的东西比起神乐坂贵一两成，所以到这里来过一两回。上次本想路过这里，可天色太晚，就急忙赶回家了。今天特地提早走出家门，不巧碰到代助正休息，心想买好东西再来吧。可是，天气不好，刚到藁店街就噼里啪啦下起雨来。她没有带伞，怕淋湿了，连忙赶到这里。因为走得太急，所以有些气喘吁吁的。

"不过，习惯啦，我才不当回事哩。"她说罢，朝着代助凄然一笑。

"心脏全好利索了吗？"代助关切地问。

"这辈子别指望好利索啦。"

三千代有些绝望，但语调并不低沉。她翻过掌心，盯着那只套在纤细手指上的戒指，然后将手帕叠好放回袖筒里。女人低眉无语，代助一直凝望着她那连着发际的前额。

三千代突然想起来了，她感谢代助上回送给她的支票，这时她的面颊泛起了红潮。代助凭着自己敏锐的观察力，清楚地知道这是由于向别人告贷而感到羞惭的缘故。代助立刻转移开话题。

三千代刚才拿来的百合花，依然放在桌上，浓烈的芳香在他俩周围飘荡。代助受不住这种刺鼻的香气，但当着三千代的面又不好无端地叫人拿走，或者流露出他不喜欢的神色来。

"这花是哪儿弄的？买的吗？"他问。

三千代默默地点点头。

"好香哩。"她说着，凑过鼻子闻了闻。代助两腿伸得笔直，蓦然转过身子。

"不能这样靠近闻啊。"

"哦，为什么？"

"不为什么，反正不行。"

代助微微皱着眉。三千代抬起脸来。

"你，不喜欢这花吗？"

代助向后仰着身子，椅子的两只前腿离开了地面。他没有回答，只是微笑着。

"还是不买的好，真倒霉，绕了一段路，还白白淋了雨，累得透不过气来。"

雨真的下大了。雨水聚集到排水管里，哗哗地流着。代助从椅子上站起来，拿起面前那束百合花，掐掉被水浸烂的花根。

"是送给我的吗？那就早点养起来吧。"

代助说着就把花放在大水盆里。花茎太长，花根把盆内的水都挤出来了。代助又把湿漉漉的花茎捞出来，从圆桌上拿起一把剪刀，咔嚓咔嚓剪掉了一半，然后使那硕大的花朵，浮现在铃兰花的上面。

"这下好啦。"代助经过一番胡乱的处理，随后放下剪刀。三千代惊讶地对着这束百合瞧了好半天，突然提出了一个奇妙的问题：

"你是打什么时候起讨厌这花的？"

从前，三千代的哥哥在世的时候，有一天代助买了一束大百合花，到他们谷中的家里访问。当时，他叫三千代将一只挺别致的花瓶洗干净，自己小心翼翼地把花养在里面。然后，放在壁龛里让三千代兄妹两个仔细观赏。三千代还记得这件事。

"你那时不是也用鼻子闻过吗？"经三千代一说，代助也想起来有这么回事。他无可奈何地笑了笑。

谈话之间，雨越下越猛，可以远远听到房子外边震耳的响声。门野走来说，天气有些冷，关上窗户吧。当他拉上玻璃窗的时候，两人一齐把脸转向院子。翠绿的树叶都被雨水打湿了，潮湿的空气透过玻璃吹进代助的头脑里。他仿佛觉得世界上一切飘摇不定的东西，都一齐降落到大地上了。代助的头脑很久没有感到像现在这样清醒过。

"好雨啊！"他说。

"一点都不好，我是穿着拖鞋出来的呢。"三千代埋怨地望着从排水管里涌出的雨水。

"回去时我叫车子送送你，不要急。"

三千代似乎不打算久待下去，她直盯着代助，嗔怪地说：

"您还是那样慢条斯理的。"然而她的眼角却浮现着笑意。

这时，在三千代背后，平冈隐隐约约的面影，忽然清晰地跳进了代助的眼帘。代助似乎在黑暗中受到了意外的袭击。他觉得三千代这个女人的背后，仍然拖着一个难以摆脱的黑影。

"平冈君怎么样啦？"他特地装作若无其事地问道。

"还是那样。"三千代微微抿了抿嘴。

"还没有找到事情做吗？"

"啊，那倒可以放心，从下月起，就能到报社上班啦。"

"太好啦，我一点也不知道啊。这样一来，日子就要好过多啦。"

"哎，总算幸运。"三千代声音低沉，但表情却显得很认真。这时，代助感到三千代太可爱了。

"现在那边的事都办完了吗？不会再受人家催逼了吧？"代助接下去问。

"那边……"三千代迟疑了一阵，面孔立刻红了。她低下头。

"我今天正是来赔罪的。"她说着又仰起脸。

代助显得有些困惑，他不愿意触伤这女人一颗善良的心，他尽量避免这样的结果，因为自己说了些迎合对方心理的话，反而使她更加不安起来。他闷声不响地只管听三千代诉说下去。

上次那二百日元，从代助手里接到之后，本该马上还给债主的。因为新搬了家，要添置些物件，这笔钱就这样用开了。后来，由于生活所迫，自己虽说不愿意，但一有困难就东花一点，西花一点，不知不觉就所剩无几了。不这样，夫妇俩也不会安然地生活到今天。现在想想，没有这笔钱，也能千方百计想办法活过来。手头既然有了钱，虽说不多，但总可以临时应急。因此，那笔立下借据的款子一点也没偿还。三千代说，这不怪平冈，完全是她自己的过错。

"我实在对不起您啦，真后悔。不过，向您借钱的时候，我绝没有想到撒谎骗您，请原谅。"三千代十分痛苦地说明了原委。

"这是我送给你的，随便怎么花都行，只要能起点作用就好。"代助安慰她道。他把"你"这个字说得又重又慢。

"这下子我就放心啦。"三千代只说了这样一句话。

雨仍然下个不停。回家时，代助如约为她雇了车子。天气寒冷，他打算给她外面罩上男人用的外套，三千代笑了笑，没有穿。

十一

　　不觉之间，可以穿着轻纱披风在外面走动了。有两三天，代助在家里点检东西，未曾站在院子里向外面望过一眼。这天他戴着厚毡帽出来，马上就感到热，自己也觉得必须脱掉毛线衣了。走过五六条街，同一个穿夹袄的人相遇。一家新建的冷饮店里，有个书生手里端着玻璃杯在吃冰食。代助有些惊奇，这时他想起了诚太郎。

　　近来，代助比以前更喜欢诚太郎了。同外边的人谈起话来，总像是捉迷藏一般叫人着急，可是自己也是人群中的一分子，回顾一下，也许别人认为自己更是个不可捉摸的人。这也是为了生存，长年进行竞争而带来的惩罚，他并不觉得有什么值得庆幸的地方。

　　这阵子，诚太郎正巴望着学习踢球呢，这是从上次代助带他去浅草公园的观音堂时想起的。诚太郎那执拗的脾气，完全是从嫂嫂那里继承下来的。然而，他又是哥哥的儿子，执拗里又带着几分不可侵犯的昂扬之气。代助每当和诚太郎在一起，对方的精神气质就不断地感染自己，使他内心感到愉快。实际上，代助昼夜都处在一种紧张的精神状态里，得不到一点轻松，他确实是痛苦的。

诚太郎今年春天就要读初中了，代助觉得他长高了许多，再过一两年，声音也要变了。他不知道诚太郎将来要走哪条路。作为一个人，为了生存，终归有一个被别人所不喜欢的命运在等待着他。那时，他可能穿着不太显眼的粗布衣服，像叫花子似的不断寻求着什么，沿街乞讨吧。

代助走到护城河一带，对面堤岸上，一片片杜鹃，花团锦簇，有红的，有白的，印在绿色之中。被青草密密地覆盖着的高坡上，并排长着几十棵大松树，一眼望不到尽头。天气晴朗。代助本想坐电车回家逗逗嫂嫂，同诚太郎玩玩，但又觉得无味，便沿着护城河，一边走，一边观赏那松树，直到脚疲乏时为止。

走到新见付车站，看到南来北往都是电车，代助有些讨厌，就越过护城河，穿过招魂社，来到番街。他在这儿徘徊了一阵，忽然觉得自己这样无目的地到处乱跑，实在有些傻气。他平素认为只有贱民才是有目的地随处奔走。他觉得，在这一点上，贱民倒是伟大的。这时，他感到浑身倦怠，才往回走。来到神乐坂，听到一家商店正开着大留声机，那声音像金属一般刺激着代助的大脑。

门野难得主人外出一次，这时正在家里弹着琵琶高声唱歌，代助一进大门就听见了。门野觉察到代助的脚步声，立刻停止了。

"啊，这样快。"门野说着向门外迎来。代助一言未发，把帽子挂在那里，沿着廊子走进了书斋，然后特意关紧了房门。门野端了杯茶走进来。

"关得这样严，不热吗？"他问。

"还是关上。"代助从袖口里掏出手帕擦了擦额头，依然命令道。门野带着奇怪的表情关上门出去了。代助在黑洞洞的房子里默默地待了十多分钟。

代助有着为别人所羡慕的光洁的皮肤和一般劳动者所不具备的柔软的肌肉。他一生从未害过什么大病，享受着健康带来的幸福。他认为只有这个才是最可贵的。健康对于他来说，比别人具有更高的价值。他的头颅，和他的肌体一般重要，只是始终受着一种逻辑的折磨。而且时时觉得脑子像众矢之的一样，层层聚集着各种各样的人和事。从今天早晨起，这种感觉尤其强烈。

每当这个时候，代助便默默地考虑，为什么要出生到这个世界上来？过去，他曾经好几次抓住这个重要的问题，摆在面前思索着。这种动机有时来自哲学上的好奇心；有时，世间纷纭繁复的现象都急着想在他的头脑里印下鲜明的色彩；再加上今天觉得十分无聊，就这样思索开了。结果只能得到同样的结论。这结论并不是解决这个问题，而是否定了这个问题。照他的看法，人不是为了某种目的才生下来的，与此相反，只有生下来以后才开始产生一个目的问题。一开始就把某种目的强加在一个人身上，就等于一出生就剥夺了他的自由活动。因此，人的目的，应该由已经出生的人们自己创造。但是任何个人，都不能随意创造它，因为一个人生存的目的，是同他生存的过程相一致的，早已在世界上表现出来了。

从这一根本定义出发，代助把自己本来的活动，看作是自己本来的目的。想行走就行走，于是行走就变成了目的。想思考就思考，于是思考就变成了目的。如果以另外的目的去行走，去思考，那便是行走和思考的堕落。就是说，为着一种超出自己活动以外的目的去活动，那就是活动的堕落。因此，把自己的整个活动当作一种工具而随便使用，那就等于自己破坏了自己生存的目的。

所以，代助至今每当脑子里产生愿望和嗜好的时候，他就把这些愿望和嗜好当作自己的生活目的而加以实现。同样，当两个互不相容的愿望和嗜好在胸中互相斗争的时候，他就把这解释为由矛盾而产生的妨碍生存目的的一种现象。总而言之，他是把日常无目的的行为当作目的而生存过来的。他体会到，在不隐瞒真相这一点上，只有这个才是最符合道德规范的。

代助一味实行这种主义，在实行过程中，自己有时不觉之间被自己早已摒弃的问题所纠缠，考虑起自己眼下为何做这样的事。他在番街一边散步，一边对继续散步这种行动怀疑起来，正是如此。

当时，他感到自己的活力不济了，他已经缺乏忍受饥饿继续行动下去的勇气和兴趣了，所以中途怀疑起自己这种行动的意义来。他把这称作厌倦，他认为一旦产生厌倦，就会引起逻辑混乱。他在行动的中途，对自己的行动产生这种本末倒置的怀疑念头来，正是倦怠给他带来的结果。

代助关在严严实实的房间里，按着头摇晃了一两次，他脑袋里充满了从古到今一些思索家常常反复考虑的毫无意义的疑念。他有些不堪忍受了。当眼前飘起朦胧的影像，他就马上排除掉了。同时，他深切感到自己缺乏生活的能力。所以，他失掉了将某种行为作为目的而努力实行下去的兴趣。他一个人独自站在荒野之中，感到茫然。

他是一个希冀能够使高尚的生活欲望得到满足的人，在某种意义上，他想获得道德欲望的满足。每当考虑到这样两件事，他就预测这两者之间有个水火不相容的关键之处。他尽量把生活欲望压低到最低限度，自己忍受着。他的屋子是普通的日式房间，没有什么华丽的摆设，照他的说法，屋内没有悬挂匾额之类令人赏心悦目的东西。可以说，他把那些耀人眼目的色彩美，都集中到排列在书架上的西洋书籍上了。他在这些书籍之中茫然地坐着。为了使自己昏昏欲睡的精神振作起来，他想把周围的东西整理一下。他环视着室内，又呆呆地望着墙壁出神。最后，他想到，为了把自己从单调的生活中解脱出来，只有一个办法。他喃喃自语道：

"我必须去见三千代。"

他后悔刚才不该到那些走不通的地方去散步，他打算到平冈家去一趟。正在这时，寺尾从森川镇赶来了。他戴着崭新的草帽，穿着素净的薄纱披风，抹了一下红红的脸孔，嘴里直喊热。

"怎么这时候来啦？"代助没好气地说。他和寺尾平时都是用这种口气说话的。

"现在来不正赶上好时候吗？怎么，你又睡午觉啦？闲惯了的人真够懒惰的，你生下来究竟为着什么？"寺尾说着，不住用草帽向胸膛上扇风。现在还没有热到这种地步，他这个动作显得故作高雅。

"我生下来为什么，你管不着。我问你，为什么来这里？又要说什么最近十天啊之类的话啦？你要来借钱，我可没钱借给你。"代助毫不客气地说在前头。

"你真是个不明礼仪的人。"寺尾不得已只得这样回答。但是，看不出有什么伤害感情的样子。实际上对于代助的话，寺尾并没有感到不礼貌。代助默默地盯着寺尾的脸，他依然无动于衷，同刚才呆呆地注视着墙壁时一样。

寺尾从怀里掏出一本又旧又脏的简装书，说：

"这个要把它翻译出来。"

代助依然沉默无语。

"不愁吃喝的人，不会腆着脸皮来找你的。你再给我修改一下，这可是关系生死的一着。"寺尾说着，把那本小书朝椅子角上拍打了两下。

"什么时候要？"

寺尾啪啦啪啦翻了翻书页。

"两周。"他断然回答，接着又解释说，"没法子呀，到时候拿不出来就得挨饿啊。"

"真了不起啊！"代助冷冷地说。

"所以我特地从本乡跑来找你。我不是向你来借钱，当然如能借给我一些就更好。我主要是有些地方不懂来和你商量的。"

"真对不起，我今天头疼，不能干这种事。好歹译完算啦。反正按页数算你的稿费的。"

"说什么呀，我可不是那种不负责任的人哪。要是被人指出有译错的地方，今后就麻烦啦。"

"我没办法。"代助仍然保持一副冷淡的态度。

"喂，我不是开玩笑，像你这种闲散惯了的人，偶尔做做这种事，可以解解闷嘛。我本想去找那些好读书的人，不打算特来找你，可他们和你不一样，都挺忙的。"

寺尾毫不示弱。代助心里明白，要么就是和他大吵一顿，要么就是答应他的请求，二者必择其一。照代助的性格，对这种人只能鄙视，不可动怒。

"好吧，我尽量少改动。"代助说着，只看打着符号的地方，他没有勇气询问这本书的梗概，那些提出要商量的部分，也存在许多暧昧的地方。

"啊，谢谢。"过一会儿，寺尾说着，合上书。

"我不懂的地方怎么办？"代助问。

"只好凑合算啦，问谁都说不清楚的。首先时间不允许，没办法。"从寺尾的话里，可以想见，他从一开始考虑的重要问题就不是什么误译，而是饭钱。

商量完毕，寺尾照例大谈起文学来。奇怪的是，他谈起这个，就和谈自己的翻译不同了，总是显出十分热情的样子。代助想，在现在公开进行创作的文学家中，有许多人是和寺尾搞翻译具有相同目的的。看到寺尾这种矛盾心情，他觉得好笑。但他怕惹起麻烦，没有说出口来。

由于寺尾来访，那天代助终于未能到平冈那里去。

晚饭时分，丸善书店送来了一个小包，放下筷子打开一看，是老早以前向外国预订的两三本新刊书。代助把书夹在胳肢窝里，回到书斋，他一本本翻看着。因为天色昏黑，他随便看了看，没有引起什么兴趣，最后一本，他连书名都忘记了。他想，反正以后慢慢看吧，就捆在一起，站起身来放在书架上。他走到廊缘边向外面望了一眼，晴朗的天空，已渐渐失去那高爽的色调，相邻的梧桐树看上去一团浓黑，空中已经升起了淡淡的月亮。

这时门野端来一盏大油灯，灯框的小槽里，竖着嵌进了蓝色的灯罩，好像是用绢子制成的，上面打着褶皱。门野把灯放在圆桌上，又向走廊上走去，边走边说道：

"快到看萤火虫的时候啦。"

"还早哩。"代助带着奇怪的表情回答。

"是吗？"门野一本正经地接着说，"从前看萤火虫时可热闹啦。近来文人学士都不感兴趣了。这是为什么呀？萤火虫和乌鸦什么的，也很少看到啦。"

"可不，这是怎么回事？"代助也忽然愣住了，认真地叮问了一声。

"还不是渐渐被电灯赶跑啦。"门野说完这句俏皮话，一个人笑呵呵地回到了自己的房里。代助也跟着向大门口走去。门野回过头来：

"又出去吗？好吧，灯我来管。阿妈刚才说肚子疼，已经睡啦，不要紧的，您慢慢走。"

代助出了家门，来到江户川，河水黑魆魆的。他要去访问平冈，没有到河边去，直接过了桥，登上了金刚寺坡。

实际上算起来，代助同三千代和平冈已经见过两三次面了，一次是接到平冈一封长信的时候，信里首先对自己来京后受到的照顾表示感谢，后来接着谈到了朋友和长辈们对他的各种帮助。说近来在一个朋友的劝说之下，接受了到某家报社经济部当主任记者的邀请。自己本来也想干，不过，来京时曾托过代助代为寻找工作，这样一口说定不好，所以才写信来商量一下的。当时平冈托代助到哥哥的公司里斡旋，代助没有拒绝，就一直搁着没办。他明白平冈的意思，是催促回复这事的结果的。他想写一封信表示拒绝，但又觉得这未免太冷淡了。所以第二天，代助特地跑了一趟，将哥哥方面的情况一五一十说了，劝平冈对这边断念。当时平冈听完，说自己也估计到了这一点，然后用奇妙的眼神望望三千代。

还有一次是报社那里就要决定下来的时候，平冈写信来邀代助什么时候去他家里，两人痛痛快快喝一个晚上。代助接到这张明信片后，趁着外出散步的机会，到平冈家里表示谢绝，说自己没有时间。当时，平冈正躺在屋子中央的铺席上，原来昨晚出外参加一个会喝醉了，说罢不住地揉着那双通红的眼睛。他看看代助突然说，人要想做点事，就得像你一样不结婚。他说有了妻子实在不方便，从前单身一人，满洲、美国，哪里没去过？三千代在里间屋内，一个人悄悄地做事情。

第三次，代助去的时候，平冈上班不在家，当时没有什么要紧事，他和三千代两人坐在廊缘上，说了半个钟头的话儿。

打那以后，直到今天晚上为止，代助再没有到小石川方面去过。代助到了竹早街，一直向前走过两三条马路，就来到了平冈家门口的电灯下面。他隔着格子门喊了一声，女佣端着油灯出来了。原来平冈夫妇都不在家。代助也不愿多问，马上退了出来，他乘电车来到本乡，又从本乡换车到神田下车，然后进入一家酒店，喝了一阵子啤酒。

第二天醒来，仿佛觉得脑子里有两个半径不同的圆，心里乱糟糟的。每当这种时候，代助就会感到头颅的内侧和外侧，好像是用两种不同的物质组合起来的一般。他使劲摇晃着脑袋，想使这两种东西掺合在一起。现在，他把头发贴在枕头上，攥紧右手，照着耳朵上边敲打了两三下。

代助对自己头脑里的异常现象，没有归咎是喝酒引起的。他从孩提时代起，喝酒就是海量。不论喝多少，仍然一如平常。而且，只要能睡好觉，此后就看不出对身体有何妨害来。有一次，他曾同哥哥为一件事比赛谁喝得多，容量三升的酒杯，一连干了十三杯。第二天，代助照样和平常一样去上学，哥哥呢，头痛了两天，直叫苦。他说，这是因为年龄不同的缘故。

代助一边敲打着脑袋一边想，昨晚喝的啤酒比起那次来算得了什么。幸好，代助的脑袋尽管变成了两重，可大脑的活动没有受到阻碍，只是有时动起脑子来，感到吃力。但他自信，只要努力思考，再复杂的事情都是可以承受的。因此，即使发生这种异常的感觉，也不是由于脑组织的变化给精神带来什么坏的影响，没有理由悲观下去。起初，他有些紧张，等到第二次发生这种现象时，他便当作一种新奇的经验而感到高兴。不过，这种经验每增加一次，精神状态就下降一次。这意味着，生活里的每个行为都将失掉它充实的内容。这一点使代助感到很不愉快。

他起床之后，又摇了摇头。吃早饭时，门野谈论着早报上刊登的蛇与老鹰格斗的故事，代助一直没有吭声。门野想，又犯老毛病啦，于是出了茶室到厨房里去了。

"阿妈，这样拼命干要累坏的。先生的饭盘我都洗干净啦。快到那边歇歇去吧。"门野劝说老妈子。代助这才记起她生病的事。他想过去安慰她几句，但又嫌麻烦，就作罢了。

代助放下刀叉，立即端着一碗红茶走进书斋，一看钟表，已经过九点了。他向院子里瞧了一会儿，慢慢喝着茶。

"府上派人来接您呢。"门野走过来说。代助不记得家里说过要接他去的话。他再三询问门野，门野也弄不清楚，只是说外面好像有个车夫。代助连连摇头，出了大门。一看，给哥哥拉车的阿胜就在那里，一辆胶轮车停在大门外。阿胜对他恭恭敬敬地行了礼。

"阿胜，接我去有什么事？"他问。

"是太太叫我拉车来接的。"阿胜恭恭敬敬地回答。

"她没说为什么事吗？"

阿胜当然什么也不知道。

"她说，您去了就会明白……"阿胜简洁地回答，他没有把话说完。

代助回到屋里，打算叫女佣拿和服来换，一想她肚子疼，不想支使她了。自己打开衣柜的抽屉，东翻西找了一阵，急急忙忙穿好衣服，坐上阿胜的车子出发了。

那天，风刮得很猛，阿胜弯着腰，吃力地向前跑着。坐在车上的代助，被大风吹得头晕。然而，坐在这辆没有一点声音的人力车上，随着轻快前进的车轮，缺乏意识的代助，处在一种愉快的昏昏欲睡的状态之中。到达青山家里的时候，他的气色比刚起床时好多了。究竟有什么事呢？代助边想边走进来，对着小伙计的屋内瞧了瞧，看到直木和诚太郎两个人，正在吃糖拌草莓哩。

"嗬，躲在这儿大吃啊！"

听到代助的话，直木立即摆正了身子打着招呼。诚太郎满嘴唇湿漉漉的，他突然问：

"叔叔，什么时候娶夫人呀？"

直木一个劲儿傻笑。代助不知如何回答是好，最后只得又像逗趣又像呵斥地说道：

"今天怎么没有上学，大清早就吃起草莓来啦！"

"今天不是星期天吗？"诚太郎一本正经地说。

"哎呀，星期天？"代助恍然大悟。

直木望望代助，终于笑出声来。代助也笑了。他走进屋子，室内没有一个人。新换的铺席上，放着一只紫檀木的镂花圆盘，里面放着茶碗，茶碗上印着京都浅井默语[1]的图案花纹。早晨的绿色，从庭院里一直映到轩敞的客厅里，一切都显得那样恬静。门外的大风似乎突然停息了。

代助穿过客厅，来到哥哥房间，看见里面有人影晃动。

"哎呀，这个太过分啦。"是嫂嫂的声音。代助进来，哥嫂和缝子都在。哥哥正向角带[2]上绕着金链子，他身穿时兴的轻纱披风，面朝外站着。他看到代助，就向梅子说道：

"啊，来啦，叫他领你一块儿去吧。"

代助不明白什么意思。梅子对代助说：

"阿代，今天你总该有空吧？"

"嗯，有空。"代助回答。

1　浅井默语（1856—1907），又名浅井忠，西洋画画家。
2　一种男用丝织腰带。

"咱们一道去歌舞伎剧院吧。"

代助听嫂嫂这么说，心里忽然觉得挺滑稽。然而，他不敢同往常那样同嫂嫂开玩笑。

"行，可以，那就去吧。"他怕麻烦，于是带着沉静的表情，愉快地答应了。

"那么，你不是说已经看过一遍了吗？"梅子又问。

"一遍、两遍都没关系，走吧。"代助看看梅子，微笑着说。

"你对什么都感兴趣。"梅子赞扬地说。代助越发感到滑稽了。

哥哥有要紧事，很快出去了，他说四点左右办完事就到剧院去。哥哥走后，代助才弄明白是怎么回事。原来，哥哥四点钟到达剧院之前，只剩下梅子和缝子两个人看戏，可梅子不愿意这样。哥哥便叫她把直木带去，她又说直木穿着蓝花布上衣和大褂，不好入座。最后没办法才来接代助的。哥哥临走时向他这样说。代助心想，这事有点不太合乎情理，只在口头上应了一声。他琢磨着，嫂嫂特地邀自己来，一定是想找个说话的伴儿，一旦有必要，还可以商量一些要紧的事儿。

梅子和缝子花了好半天时光打扮了一番，代助站在娘儿俩身旁做参谋，有时说几句笑话。缝子有两三次说道："叔叔太过分啦。"

父亲早晨外出了，不在家。嫂嫂也不知道他到哪儿去了。代助并不想打听，只觉得父亲不在家最好。自从上回谈过话之后，代助又和父亲碰过两次面，只不过十分钟到一刻钟的样子。和往常一样，谈话一深入下去，代助立即说些客套话就离开了。父亲一出现在客厅里，代助就感到屁股坐不稳。嫂嫂对着镜子，一边系腰带一边对代助说，父亲生他的气了，说代助一照面就想溜。

"我对他失掉信用啦。"代助说罢,拿起嫂嫂和缝子的阳伞,先出了大门,门外并排放着三辆车子。

代助怕风,他戴上了礼帽。风已渐渐停了,太阳从云隙里热辣辣地照在头上。走在前头的梅子和缝子都张开了阳伞。代助不时用手掌遮在额前,挡着阳光。

开演之后,嫂嫂和缝子都非常热心地看戏。代助这是第二次看了,或者是近三四天来头脑不清的原因吧,精神总也集中不到舞台上去。他心里老是感到烦躁、闷热,不时用手里的团扇从脖子向头顶扇风。

幕间,缝子不断地向代助提出一些奇怪的问题:那个人为啥用洗脸盆喝酒啦,和尚怎么一转眼变成大将啦,等等。都是些很难解答的疑问。梅子每听到她提问,就止不住发笑。代助忽然想起两三天前,在报上读到了某文学家的一篇剧评。里面说道:日本的剧本,情节多变,不容易看明白。当时代助认为,从演员立场出发,没有必要处处考虑戏是演给什么人看的。代助曾对门野说过,如果把责备作者的话用在演员身上,就等于为了了解近松的作品,想听越路净琉璃[1]一样愚蠢。门野当然也很赞同他的观点。

代助从小看惯了日本的传统戏剧,他和梅子一样,都是单纯的艺术鉴赏家。他们把舞台上的艺术狭义地解释为演员的演

---

1 近松门左卫门(1653—1724),日本古代著名的净琉璃作者,作品有《国姓爷合战》《曾根崎心中》等。净琉璃是用三弦琴伴奏的一种演唱艺术。越路净琉璃是其中的一个派别,主要凭借木偶的表演展开故事情节。这一派以二见金之助最为有名,"越路"是他的艺名。

技。因此，代助和梅子不断交谈着，有时脸对脸互相瞧瞧，像内行一样评论几句，对对方的话表示佩服。可是过了一阵，他们对舞台上的表演厌倦了，戏还没演完就用望远镜东张西望起来。镜头照着一群艺伎，她们有的也拿望远镜朝这边瞧。

代助的右边坐着和他相同年纪的男人，偕着头绾圆形发髻的美貌的妻子。代助望望她的侧影，同自己附近的一位艺伎十分相像。代助的左边一连坐着四个男人，他们都是博士，代助一一记住了他们的模样。再过去是个宽绰的地方，供两个人专用。其中一人和哥哥不相上下，穿着笔挺的西服，戴着金丝眼镜。看东西时，总是翘着下巴颏，微微扬着脸。代助看到这个男子，仿佛在哪里见过，但一时又想不起来。他带着一位青年女子，看上去，也不过二十岁。她没有穿披风，额上的头发向前突起地绾着结子，下巴颏总是贴着衣领，坐在那里。

代助感到气闷，他好几次离开座席，来到后面的走廊上，仰望着狭小的天空。他打算等哥哥到来之后，就把嫂嫂和缝子交给他，自己赶快回家。他把缝子领出来，咕咚咕咚跑了一圈。最后，他想弄点酒来喝。

天快黑时，哥哥来了。代助问他怎么这样晚，他从腰带里掏出金壳手表给代助看了看，已经过六点了。哥哥照例神情自若地到周围巡视了一遍。到吃饭的时候，他离开座席从走廊出来，就一直没回去。过一会儿，代助猛回头，看到他向旁边那个戴金丝眼镜的男人走去，同他攀谈起来，有时也向那青年女子打招呼。那女子只是嫣然一笑，就把脸转向舞台，认真看起戏来。代助想向嫂嫂打听那人的姓名，但转念一想，哥哥只要出现在人多的场合，就像平常一样来去自由。他熟人多，见识广，社会对于他，就像自己的家一般。所以代助没有放在心上，他一直闷声不响。

换幕的时候，哥哥从门口进来，叫代助出去一下。他把代助领到那戴金丝眼镜的男人面前介绍道："这是舍弟。"然后向代助说："这是神户的高木先生。"那人看了看青年女子，说："她是我侄女。"女子颇为文雅地向代助行了礼。这时，哥哥添了一句："她就是佐川先生家的小姐。"代助听了，心想，这下子可上当了。他装出若无其事的样子，草草地说了几句话。嫂嫂悄悄回头向他看了一眼。

过了五六分钟，代助和哥哥一起回到自己座席上。在哥哥向他介绍佐川姑娘之前，本来打算等哥哥一到，他就逃走的，现在却不好这样了。代助想，太顾及眼前的方便，反而会造成不良的后果，所以只好暂时忍着痛苦坐在那里。哥哥对戏也似乎全然不感兴趣了，却依然落落大方地坐着，点上一支雪茄烟猛抽起来，像是熏烤他那一头乌黑的头发。有时评论几句，问缝子："这戏好看不？"梅子不像平常那样好奇了，关于高木和佐川姑娘，她既不打听，也不评论。代助看到这种情景，反而觉得滑稽可笑。到如今，他有好几次都被嫂嫂给蒙混了，但他从来没有生过气。今天这样的事儿要是在平时，他只当是为了解闷儿拿他开心，自己不过一笑置之。不仅如此，倘若自己真想结婚，反倒可以利用这出闹剧，亲自导演一出喜剧来自我解嘲，以求得满足。然而现在，当这位嫂嫂和父亲、哥哥共同谋划，渐渐把自己引向绝路的时候，他不能不认为这种做法实在太荒唐了。代助心里犯着嘀咕，嫂嫂将如何发展下去呢？家庭里，只有嫂嫂对这样的事最感兴趣了。代助心里隐伏着一种不安的情绪，如果嫂嫂在这方面越来越逼近自己，他只能同家人渐渐疏远起来。

　　散戏的时候，已经快到十一点了。出来一看，风完全停了，夜很静，望不到星星和月亮，只有电灯光微弱地照射着。天太晚了，没有时间再到剧院小吃店里闲话了。有人来迎接哥哥一家三口回去，代助忘记预先雇好车子了。他怕麻烦，所以拒绝了嫂嫂的好意，自己从小吃店前面上了电车。他来到数寄屋桥，站在漆黑的马路上等着换车的时候，忽然看到一个老婆子背着孩子，从对面脚步蹒跚地走来。几辆电车从那边开了过去。代助站的地方同铁轨之间，夹着一段堆满泥土和砂石的高堤，他一想自己弄错地点了。

　　"老婆婆，这儿不是车站，在对面。"代助说着迈开了脚步。老婆婆嘴里道着谢，跟在他后边。代助在黑暗里摸索，深一脚浅一脚地向前走去。不到三十米远，左边出现了护城河，顺着这地方寻去，好容易找到了车站的柱子。那老婆婆从这里乘电车向神田桥方向去了，代助和她相反，乘车奔赤坂这边来。

　　在车里，想睡又睡不着，电车不停地摇晃，他想今夜的睡眠算吹了。他十分疲倦，懒得再去想白天的事了。尽管如此，一种难以捉摸的兴奋感，却使他不能随意度过这静谧的夜晚。这在他身上是常有的事，今天一天里发生的桩桩事情，不论大小和时间先后，一齐涌上心头，闪现出五颜六色的光彩。他自己也弄不清楚来龙去脉了。他闭上眼在心里琢磨着，回家只好借助威士忌的力量了。

　　在这走马灯一般光怪陆离的色调的辉映下，代助不由得想起了三千代，从她那里找到了安宁的地方。然而，这种宁静并未明显地出现在他眼里，他只是用整个心灵去体察罢了。他发现，当他一想起三千代的面容、谈话、夫妇关系，以及她的疾病和处境的时候，他觉得只有三千代才同自己的情趣完全吻合。

第二天，代助接到了住在但马[1]的朋友寄来的长信。这位朋友从学校一毕业就回乡下去了，再也没到东京来过。他说自己本来不习惯山里生活，但由于父命，不得已只好待在故乡。过了一年多，他写信来，絮絮叨叨地告诉代助，他想再说服父亲，回到东京来。最近，看样子断了念，所以也不再忿忿不平了。他出身乡绅人家，采伐祖上留下的山林，成为每年必操的事业。这次在信中，详详细细地写着自己的日常生活情况。还说一个月前当选镇长，年俸三百日元。他饶有风趣却又十分认真地向代助炫耀这件事。他还同别的朋友作了一番比较，说要是自己一毕业就做教师，可以拿到相当于现在三倍的钱。

这位朋友回到家乡之后，约莫过了一年，就娶了京都一家财主的女儿。这当然是父亲的意思。不久就生了个小孩。从此，信里谈论老婆的事少了，但对于小孩的成长却十分关心，经常告诉代助一些有趣的事。代助读着信，想象着这位朋友满意的生活。他甚至怀疑，为了这个孩子，他对妻子的态度，比起刚结婚时发生了多么大的变化。

朋友常常寄些香鱼干和柿饼来，代助一般送给他新出版的西方文学书籍作为还礼。对方在回信里，总有些评论，证明他是津津有味地读过了。然而，这种状况持续不长。后来，他

1　兵库县的地名。

收到书后，连感谢的信也不写了。代助去信一问，他才说，书是收到了，想等到读完之后再来信表示谢意的，结果一直拖了下来。有时来信说，他还没有读。最后干脆告诉代助，他读不懂。代助从此不再寄书了，只寄去一些新式的玩具送他。

代助把朋友的信装进信封里，他切实感觉到了这位和自己有着相同倾向的朋友，被一种同过去截然相反的思想和行动支配了，他尝到了生活的乐趣。代助和这位朋友都有一根相同的命运的琴弦，他细细品味着从相同的命运的弦上发出的完全不同的两种音响。

作为一个理论家，他赞成朋友的婚姻。他体会到一个住在山里、成天同深谷丛林打交道的人，按照父母之命娶了妻子，这是万全之计，是合乎自然规律的。根据同样的道理，他断定，不论哪种类型的结婚，对于城市里的人来说，它只能意味着不幸。其原因是，城市不过是人世的展览会。他从这样的前提引出了这样的结论，是走过一段路程的。

他认为肉体和精神存在着两种不同的美，城市的人获得了接触各种美的机会。在接触各种美的过程中，舍甲而求乙，又弃乙而醉心于丙的人，代助称他们是缺乏感受的不知美为何物的人。他从自家经验的启示中深信这是无可争辩的真理。从这条真理出发，他得出了这样的结论：所有过着城市生活的男女，在两性之间的吸引上，都经受着一种难于预测的随缘应变的过程。引申开来说，凡是已婚夫妇，双方都不得不承受过去的不贞行为所产生的不幸。代助选取艺伎当作感受性最强、接触点最自由的城市人们的代表。一个艺伎一生之中不知要改换多少情夫。城市里普通的人们，不都是艺伎吗？尽管他们的情人远比艺伎少得多。代助认为，现今世界上，那些高谈忠贞不渝的爱的人是最大的伪君子。

想到这里，代助的头脑里，突然浮现出三千代的姿影。此时，代助怀疑在他得出的结论中是否少算进去了一个因数。但他始终没有发现这样的因数。于是，根据这样的理论，他想自己对三千代的情爱也只不过是暂时的了。他理智上承认了这一点，但在心情上却不敢向这方面想。

十二

代助既害怕嫂嫂的逼迫，又害怕三千代的吸引。离避暑还有一段时间，他对所有的娱乐都失掉兴趣了。读起书来，从黑压压的文字里连自己的影像也找不到。他冷静下来思考问题的时候，回忆便像藕丝一样接连不断地出现，仔细一看，尽是一些令人可怕的事。到头来，他对这样一味沉浸在思索里的自己，也觉得可怕了。代助为了使自己脆弱的头脑振作起来，像冰镇牛奶一样加进点新鲜的东西，决心出去旅行。开始他打算到父亲的别墅去，不过那里靠近东京，家人还会常去的，跟待在牛込[1]没有什么两样。他买来一张旅行地图，寻找自己要去的地方。然而，他感到普天之下没有一个合适的去处，反正随便选个地方就行。他想，不如立即先准备起来再说。代助乘上

1　东京地名。

电车，来到银座。这是一个惠风和畅的下午，他在新桥的劝业场转了一圈，沿着宽阔的马路向京桥方向走去，这时，代助看到对面的房屋像舞台上的背景画一样齐整，湛蓝的天空一直连着屋顶。

代助逛了两三家出售外国货的商店，置办了一些必需的用品，其中有比较高级的香水。他想到资生堂买一条牙膏，店员拉住他说，年轻人都不愿买那里的东西，说罢拿出自家的产品向他推销。代助皱皱眉头，出了店门。他腋下夹着纸袋，来到银座街头，从那里绕过大根河岸，打算经过锻冶桥到丸之内去。他漫无目的地向西方走着，心想，这也算是一次简单的旅行。等到走累了，便想起了电车，因为再没有什么地方可去，就乘电车回家了。

走进院子，便看到门口整齐地摆着一双鞋，好像是诚太郎的。一问门野，门野就告诉他是诚太郎的，等了老半天了。代助马上来到书斋。诚太郎正坐在代助那张大椅子上，面对圆桌阅读《阿拉斯加探险记》哩。桌子上放着荞麦馒头和茶碗。

"诚太郎，怎么，趁我不在的时候来大吃一顿啊？"诚太郎听了，笑着把那本《阿拉斯加探险记》装进衣袋，然后离开椅子。

"就坐在那里好啦，没关系的。"代助这样说。他仍然不听。

代助抓住诚太郎，照例逗他玩。诚太郎清楚地记得上次看歌舞伎演出时，代助打过多少呵欠。

"叔叔，什么时候娶夫人啊？"他又提起先前问过的问题。

这天，是父亲叫诚太郎来的。说明天十一点要代助去一趟。代助每当听到父亲或哥哥叫他去，就感到头疼。他向诚太郎露出生气的样子说：

"这太不像话啦，也不说是为什么事，只管叫人去。"诚太郎依然嘻嘻地笑着，代助说到这里就移开话题，谈起报刊上登的相扑比赛的胜负来，这是两人共同感兴趣的事。

代助留诚太郎吃了晚饭再走，诚太郎说要准备明天的功课，就告别他回去了。临走之前，又问：

"那么，叔叔明天不打算来吗？"

"嗯，我不知什么事。回去就说我可能要外出旅行。"代助只好这样回答。

"什么时候？"诚太郎又问。代助告诉他，就在今明两天。诚太郎这才明白了，便向门口走去。"到什么地方去？"他走下台阶突然转过头来，望着代助。

"到什么地方还不知道，随便转悠。"诚太郎听了，嘻嘻地笑着出了格子门。

代助想在当天晚上起程，他叫门野收拾干净旅行包，自己便把日常用品一件件放进去。门野十分好奇地望着代助的提包，站在那里说：

"我来帮帮忙吧。"

"不用。"代助拒绝了，他把装进去的香水又掏了出来，剥掉包装纸，拔下盖子，放在鼻尖上闻了闻。门野似乎有些没趣，便回自己的房里去了。过了两三分钟，他又来问：

"先生，我去叫车子吗？"

"行，叫他们稍等一会儿。"

代助把旅行包放在面前，抬起头来，向院子一望，石楠花墙的上边，正闪耀着落日的余晖。代助盯着外面，心想，再用半个小时考虑一下旅行地点吧。找个合适的时间乘上火车，任凭火车把自己带到什么地方，然后下来，去迎接明天的生活。在生活之中，听凭新的命运的摆布。旅费当然是不充分的，要是一直住在合乎自己旅行装束的旅馆里，连一个星期的也不够，不过，代助对这个毫不介意。实在不行，再叫家里寄。况且，旅行的目的是为了改换周围的环境，他不想把注意力放在生活享受方面。高兴的时候，还可以雇个挑夫担着行李，走上一天呢。

他又打开旅行地图，仔细寻找那些细小的数字，还是决定不下来。这时又想起了三千代，打算出发之前再去看看，然后离开东京。今夜把旅行包打点好先放着，明天一早就可以提着赶路。想到这里代助急急向大门口走去。门野听到脚步声也跑了出来。代助穿着平常的衣服，从挂钩上取下帽子。

"又要出门吗？买什么东西？我去吧。"门野惊奇地问。

"今晚上不走啦。"代助说完，出了大门。外面已经黑了，星星在美丽的天空里闪闪烁烁，伴随着人影在前进。温馨的夜风吹拂着他的衣袖。代助大步流星地走过两三条街，额头上渗出汗来。他摘下帽子，让夜露滋润着那一头黑发，不时地用帽子扇几下。

走到平冈家附近，看到屋里有一个黑影，像蝙蝠一样静静地晃动着。灯光从简陋的门板缝里照射出来。三千代在灯下读报，代助问她怎么现在看报，她回答说这是第二遍了。

"你这样清闲啊。"代助把坐垫放在门槛上，半个身子靠着格子门坐着，那半个身子向着走廊。

平冈不在家。三千代说她刚洗完澡回来，膝旁还放着团扇。她的面颊一直带着红润润的颜色。代助要回去，她留代助多坐一会儿，自己便到饭厅沏茶去了。她头上梳着西洋式的发型。

果然不出三千代所料，平冈一直没有回来。代助问她，平冈是否经常回来得很晚，三千代笑笑回答，是这样的。代助从她的笑容里看到了一种凄凉的神色。他的眼睛一直瞟着三千代的面孔。三千代急忙拿起团扇，向袖子下边扇了扇。

代助一直惦记着平冈的经济状况。他从正面直接问她，最近生活费是否紧张，她说是的，说完又像刚才那样笑笑。代助没有马上再说什么。

"您也看得出？"这回是三千代发问了。她放下手中的团扇，在代助面前伸开了那刚出浴的纤纤素指，手指上没有戴代助送给她的戒指，也没有戴另外的戒指。代助一直记着自己送给三千代的那件礼物，他十分明白她的意思。三千代把手缩回去的时候，突然涨红了脸。

"这是没办法呀，忍耐下去吧。"代助可怜见地对她说。

当晚，代助九点钟光景离开了平冈的家。临走之前，他从纸袋里掏出一件东西交给三千代。当时，他稍微思索了一下，先是若无其事地在怀里把纸袋打开，随便抓了一把钞票，就放在三千代面前，说是送给她用的。三千代怕女佣听见，低声说：

"那怎么行。"她把两手紧贴着身子。代助没有缩回自己的手。

"能收下我的戒指，也就能收下这个，这两者是一样的，就把它当成纸戒指好啦。"代助笑着说。

三千代仍然感到有些过分，一直踌躇不定。代助问她，是否怕平冈知道了要挨骂。三千代说，她自己也不知道是挨骂还是受夸奖，老是磨磨蹭蹭不愿接。代助提醒她，要是怕挨骂就干脆瞒着平冈，三千代还是不肯收。代助已经伸出的手，再不好缩回来，他只好探着腰，把手掌伸到三千代的胸前，同时凑过脸来。

"没关系，收下吧。"他压低声音，郑重地说。三千代把下巴颏藏在衣领里，向后仰了仰，默默地伸出了右手。钞票落在她的手上了。这时，三千代眨了眨长长的睫毛，随后把手里的钞票放进腰带里。

"我以后再来。代向平冈君问好。"代助说着出了大门。他穿过街道，走上小路的时候，四周一片灰暗。代助在黑夜里行走着，好像置身于美丽的梦境一般。不到三十分钟，便来到自家的门前。然而，代助不想进去，他披着高空里闪烁的星光，在门外的街道上徘徊。虽然一直走了半夜的路，他自己并不感到累。不觉间，又来到自家的门口。院里静悄悄的，门野和老妈子似乎正在茶室里闲聊。

"怎么这样晚，明天赶几点钟的火车？"代助一进门，他们就发问。

"明天也不走啦。"代助微笑着，走进了自己的房间。里面已经铺好了床。代助把昨天打开盖子的香水拿来，在枕头上滴了几滴。好像还不够，又拿着瓶子，到屋子的四角洒了一些。他兴冲冲地做完这一切之后，就脱掉白底的外褂，换上睡衣，躺下了。不久，他便在散发着玫瑰香的气氛里睡着了。

醒来一看，太阳升得老高了，金色的阳光照在廊缘上。枕头旁整齐地叠放着两张报纸。门野什么时候拉开挡雨窗，什么时候拿来报纸，代助一点都不知道。他伸伸懒腰，起到浴室里擦洗身子。这时，门野慌慌张张地走来说：

"大少爷从青山来啦。"

代助回答这就去，一面把身体擦干净。他想客厅里还不知道打扫了没有，不必要马上就跑过去。他像平时那样从从容容地梳好头，刮了胡子，慢悠悠地来到茶室。他不想马上吃早饭，站着喝了一杯红茶，用毛巾把嘴唇擦了擦，然后放下，立即来到客厅。

"啊，哥哥来啦？"他打着招呼。哥哥手里照例夹着那支深色的已经熄了火的雪茄，悠然地读着代助的报纸。他一见到代助就问：

"这房子真香啊，是你头发的香味吗？"

"在我来这里之前你就闻到了吧？"代助说。他告诉哥哥，这是昨夜洒了香水的缘故。

"嗬，倒讲究起来啦！"哥哥沉静地说。

他很少到代助这里来，除非有特别要紧的事，非他来不可。而且，办完事马上就回去。代助想，今天肯定出了什么事情。他猜测着，也许是昨天把诚太郎胡乱打发走而引起的后果吧。经过五六分钟的闲谈之后，哥哥这才问道：

"昨天诚太郎回去说，叔叔明天要出去旅行，我特来看看的。"

"嗯，本来想今天六点左右出发的。"代助像是撒谎一般极其冷静地回答。

"你要是个在六点钟就能起得来床的人，我今天也不会特地从青山赶来了。"哥哥郑重地说。

代助问他什么事。不出所料，还是为了那姻家的事，是前来相逼的。原来今天中午父亲要请高木和佐川姑娘吃饭，命令代助也要出席。听哥哥说，昨天晚上父亲听过诚太郎的汇报，大为恼火。嫂嫂坐立不安，说要赶在代助出发之前找到他，叫他延期外出。哥哥劝止了她。

"我叫你嫂嫂放心，说代助今晚上不会走的，说不定眼下正坐在旅行包前沉思呢。等到明天再说，先别管他。"诚吾十分平静地说。

"那么，就不要再管我好啦。"代助越发恼怒起来。

"女人嘛，心眼儿窄，今天一早就来磨叨我，说你要是不来，父亲会更生气的。"诚吾说这话的当儿，没有显露出觉得好笑的表情来，而且有些为难地看着代助。代助没有告诉他自己去还是不去，然而对待哥哥就不能像对待侄儿那样随意蒙混过去了，他没有这个勇气。再说，要硬是拒绝参加午餐会而去旅行，又不合自己当前的心意。看来，无论是父亲、哥哥还是嫂嫂，在这些反对派之中，不抓住一个给点厉害尝尝，就别想动弹一步。代助觉得高木和佐川姑娘都是不即不离的人物。高木仅在十年前见过一次，那天在剧院里一照面儿，就觉得面熟；相反，知道佐川姑娘才是前几天的事。代助当时看过她的照片，可是实地接触其人，就一点也联想不起来了。照片是奇怪的东西，如果先熟悉了人，再看她的照片，就很容易一眼认出来；可是先看到照片，然后和人对上号，那就很难了。把这件事拿到哲学上探讨，仍然归结到这样一条真理：由死转生是不可能的，由生到死却是自然的规律。

"我知道啦。"代助说。

"那就好。"哥哥回答，仍是一副无动于衷的样子。他一直叼着雪茄，烟头上的火就要着到口髭上来了。他接着问：

"今天就不一定去旅行了吧？"

代助只得答应着。

"好吧，今天就来吃午饭吧。"

代助只好同意。

"那好，我还要到别的地方办点事，你一定来。"哥哥仍然像个大忙人。代助也大度起来，似乎怎么都行，他爽快地应承下来了。于是，哥哥突然问道：

"究竟怎么回事？你不想娶那个女人吗？你不喜欢她吗？找老婆这样挑肥拣瘦的，倒像元禄时代的美男子那样有意思。大凡那个时代的人，不光在男女婚姻上，对待其他事，也是十分着意。你是不是也是这样？依我说，怎么都行，只要能使老年人满意就行啦。"

哥哥说罢就走了。

代助回到房里，仔细琢磨着哥哥刚才的话。在婚姻这件事上，他自己也觉得只好照哥哥的意见办。不过，他认为，劝婚的一方不要着急，应等待下去。他得出了这样一个和哥哥相反的结论，这对自己是有利的。

据哥哥说，佐川姑娘好久没来东京了，这次随叔叔来旅行，等叔叔一办完商业上的事，就带她回家乡去。父亲是从自己的利益出发，利用这样的机会，使彼此的关系永远稳固下去呢，还是上次在旅行中早就安排好了的呢？代助没有工夫细细研究这些，只考虑自己能同这些人同桌进餐，社交上的义务也就算尽到了。至于还会有些什么发展，那只能到时候再相机处置了。

代助叫老妈子拿了衣服来。他嫌麻烦，但为了表示敬意，只得穿上夏季用的染着花纹的披风。没有单层礼袍，决定到家里再向父亲或哥哥借一件。代助虽然有点神经质，可他从小就在人群中自由出入，什么宴会、招待会、欢送会都参加过。因此，认识各方面的社会名流，同一些伯爵、子爵和贵族公子也有来往。代助同这些人交际的过程中，既没有吃亏，也没有占什么便宜，言语举止，一视同仁。从外表上看，他酷似哥哥诚吾，所以不了解情况的人，都以为这兄弟两人性格完全一样哩。

代助到达青山，差五分到十一点。客人尚未到来，哥哥也还没有回来。只有嫂嫂一人坐在客厅里准备什么，她一看到代助就冲着他嚷：

"你也太不像话啦，把人撇下自己去旅行。"

梅子有时候说起话来是毫无顾忌的。她虽然这么说，但内心里却丝毫没有制伏代助的意思。代助对她这一点抱有好感，所以一坐下来，就品评起她的穿戴来了。听说父亲就在里面，代助执意不肯进去。实在强不过了，才说：

"等一会儿客人来了，我到里头传话，到时候再去问安不好吗？"

于是，他又东拉西扯地闲聊起来，然而关于佐川姑娘，他却提都不提。梅子倒把话题转到这上面来了，代助心里明白，所以一味装糊涂，不理这个碴儿。

正说着，盼望着的客人终于来了。代助马上到父亲那里报告。

"是吗？"父亲马上站起身来，没有时间教训代助了。代助回到房里，换上一件礼袍，接着来到客厅。宾主在这里一起见面了，父亲首先和高木攀谈，梅子主要应酬佐川小姐。这时哥哥慢悠悠地走进来，还是早晨那一身打扮。

"啊，来迟了一步。"他向客人施了施礼，来到席上就座的时候，回转头瞧瞧代助，小声说，"你倒挺快的呀。"

午宴设在客厅相邻的一间屋子里。代助从敞开的房门里看到桌上摆着方方正正的白色桌布，才知道是吃西餐。梅子站起身来，向里面的门口望望，她这是向父亲示意，午餐已经就绪了。

"好吧，请。"父亲站起来，高木会意地站起来，佐川小姐也跟着叔叔站了起来。代助这时发现她下半身比较修长。父亲和高木相向坐在中央，高木右手是梅子，父亲左手是小姐，这两个女人面对面坐着，诚吾和代助也相向坐下。隔着桌子中间的作料台，代助从微微倾斜的方向望着小姐的面孔，光线从她身后的窗户射进来。在强烈的反衬下，她的脸颊到鼻际罩上了深深的黑影，然而耳畔却显得红扑扑的，尤其那两只小巧的耳朵，在阳光照射下，显得十分娇嫩。和她的肤色相反，小姐长着一双深褐色的大眼睛。两相对照之下，可以看到她那椭圆形的鹅蛋脸，带有大家闺秀的华美的仪态。

照吃饭的人数来说，桌子并不算大，和轩敞的房间比起来，毋宁说太小了。洁白的桌面上点缀着采集的鲜花，桌子上的刀叉闪着光亮。

席间都是些老生常谈，一开始气氛显得不那么活跃。逢到这种场合，父亲常常谈起自己喜欢的书画和古董来。碰到兴致来了，就把所有的家当从库房里搬出来，一件件摆在客人面前。代助受到父亲的影响，也多少对此道产生了兴趣。哥哥也是基于同样的原因，记住了几位画家的名字。不过，他只是站在挂轴前说："啊，这是仇英[1]的；啊，这是应举[2]的。"脸上看不出有多少感兴趣的样子来。无论诚吾还是代助，都不会用显

1　仇英（1368—1644），中国明代画家，画风精细、艳丽，尤工仕女。

2　应举，即圆山应举（1733—1795），江户后期画家，圆山画派之祖。

微镜鉴别画的真伪。父亲有时指着画上的波纹说，古人从来不这样画水，这不符合法度。他们兄弟两个，从来没有像父亲那样对一幅画作过如此的评论。

父亲为了使枯燥的寒暄别开生面，就把话题转到爱好方面来。然而刚说上一两句，他就发觉高木对这些全无兴趣。父亲是个机灵人，于是马上收回话头。可是一回到双方共同了解的事情上，谈话立刻枯燥起来。父亲不得已，便询问高木喜好什么。高木回答，他没有什么特别的喜好。父亲只好从此作罢，把高木交给诚吾和代助，自己暂时退出圈外来。诚吾却能灵活自如地不断开辟新的话题，从神户的旅馆谈到楠公神社，其中当然也问到有关佐川小姐的事情。小姐只是简单地回答几句必要的话，便避开了。代助和高木开始谈起同志社来，接着又谈起美国大学的情况，最后还提到爱默生[1]和霍桑[2]的名字。代助发现高木在这方面确实是有知识的，但仅仅是发现而已，他并没有就此深谈下去。在谈到文学的时候，只举出两三个人和几部书，此后再也没有什么进展。

梅子从一开始就不住地说着，她这样做当然是为了排除佐川小姐的过分客气和沉默的情绪。小姐从礼仪上不得不应酬梅子一连串的提问，但她并不想积极主动地去打动梅子的感情，只是在说话的时候微微歪斜着脑袋，这也很难说她是向代助故作媚态。

小姐是在京都受教育的。音乐方面开始学习古琴，后来改学钢琴。小提琴也学过一点，但她感到手法实在太难，等于没

1　Ralph Waldo Emerson（1803—1882），美国思想家，倡导个人主义和泛神论。
2　Nathaniel Hawthorne（1804—1864），美国小说家。

学。她很少看戏。

"上次的歌舞伎怎么样？"梅子这样问的时候，小姐没有回答什么。在代助看来，她不是不懂戏剧，而是看不起戏剧。梅子接着就这个问题评论开了，说演员甲如何，乙又如何，等等。代助看到嫂嫂有些不大识相，只好从旁插了一句：

"不喜欢看戏，小说总是爱读的吧？"代助这样一问，把话题从戏剧转移开了。小姐这时才向他望了望。不过，她的回答倒叫人出乎意料：

"不，小说也不喜欢。"

听到小姐的话，宾主一齐笑出声来。高木代替小姐作了说明。据说，小姐的教师是西洋某某女士，在那位女士的影响下，小姐简直被弄成了一个清教徒，所以她有些落后于时代。高木说罢又作了评价。此时，当然谁也没有笑。

"这很好嘛。"对耶稣教没有什么好感的父亲称赞道。

梅子全然不懂得这种教育的价值。但她仍然想凑趣，说些不得要领的话。

"那可不。"

诚吾为了使梅子的话不给对方留下什么印象，马上岔开话题，问：

"那英语一定很好啰？"

小姐说"不"，脸上微微出现了红晕。

吃完饭，宾主又回到客厅，开始闲聊起来。然而，话题却不像续蜡烛那样很容易就能接上火。梅子站起来，打开钢琴盖。

"弹支曲子吧。"她说着，回头看看小姐。小姐依旧坐着不动。

"来，阿代，你来开个头。"这回她向代助说。

代助自知技术不高明，很难当众表演。但他又不愿意分辩，觉得那样认真反倒没意思。

"好，你先打开琴盖，这就来。"他一边回答，一边仍若无其事地谈些无关紧要的话。

一小时之后，客人走了。四个人肩并肩地把客人送到大门口。

"代助还没有回来？"父亲回到屋里时问。

代助比大家迟来一步。他把两手举到门楣上方，伸了个懒腰，又到空无一人的客厅和餐室转了一圈，然后来到起居室，看到哥哥和嫂嫂正面对面谈话。

"喂，不能马上回去，父亲叫你有事，到里面去。"哥哥故意装得一本正经地说。梅子微微含着笑意。代助默默地搔了搔头皮。

代助不敢一个人到父亲房里去，说千说万要拉哥嫂一道去。他的心愿未能实现，就坐下不动了。这时佣人走来催促道：

"请少爷到里面去一趟。"

"嗯，这就来。"他回答道。接着就向哥嫂两人陈述道理：要是他一个人去见父亲，正赶在火头上，父亲看到自己那副懒散样子，说不定会更加生气，弄不好还得哥嫂出面调停。与其惹这么大麻烦，不如这就一起走一趟为妙。

哥哥是个不愿多和别人争论的人，他不置可否地站起来说：

"那就走吧。"

梅子也笑嘻嘻地站起来。三个人顺着廊缘来到父亲屋里，若无其事地落了座。

为了防范父亲训斥代助，梅子一坐下就千方百计地打圆场，把话题尽量引向对客人的评论上来。梅子夸奖佐川小姐是个温顺老实的孩子。对这一点，父亲、哥哥和代助都表示赞同。但哥哥有疑问：如果她真的受过美国贵族小姐式的教育，那么还应该更西洋化一些。代助也有同感，父亲和嫂嫂都默不作声。接着，代助解释道，小姐那副温顺老实的性情带有几分羞涩的样子，这一点不同于受过西洋教育的人，这种性格来自日本男女的社交关系。父亲同意代助的看法。梅子分析说，小姐是在京都受的教育，因此没啥奇怪的。哥哥反驳说，即使在东京，也不会全像梅子所表现的那样。这时，父亲神情严肃地拍了拍烟灰缸。梅子说，小姐的容貌倒十分出众，父亲和哥哥都表示赞同，代助也只好同意嫂嫂的品评。于是，四个人又谈到高木，一致认为他是个非常庄重的好人。可惜的是谁都不知道小姐的父母。父亲对他们三个下了保证，说她的父母都是知书识礼的规矩人，这是父亲从本县一位有钱的议员那里打听到的。最后大家谈到了佐川家的财产，父亲说，她家比一般的实业家资产雄厚，这点尽可放心。

　　对小姐的人品、资格大致论定下来之后，父亲问代助：

　　"你不会有不同的意见吧？"他的语调里似乎没有可商量的余地。

　　"这个……"代助含含糊糊地应着。

　　父亲瞧着代助，他那布满皱纹的额头渐渐蒙上了严厉的神色。

　　"那么，你就好好考虑考虑吧。"哥哥只好打个迂回，为代助争得了时间。

十三

　　四天之后，代助遵照父亲之命，把高木送到新桥。那天，他从床上被喊醒，头脑昏昏沉沉的，经风一吹，到了车站才觉得感冒了。送入候车室，梅子就发现他脸色不好。代助没说什么，摘掉帽子，不时按按湿漉漉的头，结果把早晨梳得挺平整的头发弄得乱蓬蓬的。

　　高木在月台上突然劝代助说：

　　"怎么样？乘这班车跟我到神户一游吧。"

　　代助只说了声谢谢。快要发车的时候，梅子特地走到车窗前边，叫着小姐的名字说：

　　"最近一定再来玩呀。"

　　小姐在车窗里郑重地施了礼，梅子在窗户外面没有听见她说些什么。送走客人，爷儿四个出了检票口便各奔东西了。梅子邀代助回青山，代助按着头皮没有应。

他乘车很快回到牛込，一进书斋就躺下了。门野进来瞧瞧，他了解代助的生活习惯，没有吱声，抱着椅背上的披风就走了。

代助躺在床上，思考着自己最近应当怎么办。要是听其自然的话，看来非成亲不可了。从前，自己曾多次拒绝结婚，这回再拒绝下去，要么谁也不再理睬他，要么会引起更大的愤怒。如果真的无人搭理，谁也不会再来劝自己结婚了，这反而更好。要是惹恼了父亲，那可是个麻烦事儿。但是娶个不如意的媳妇，总感到和现代人一般俗气。代助在这种矛盾的处境里进退两难。

父亲是个古板的人，他一旦决定下来，无论如何都得照着计划进行。代助和父亲不一样，他认为自然的发展远比既定的计划更伟大。父亲无视自己目前的状况，硬逼着按他的旨意办事，这就好比一个离异的妻子，挥着手里的离婚证，企图证明他们仍然要保持夫妻关系一般。然而，代助不打算向父亲叙说这个道理。他认为，要想用道理说服父亲，那是比登天还难的事，而且，那样做对自己毫无好处，其结果只能使父亲不快，绝不会稀里糊涂同意自己拒绝结婚的要求的。

在父亲、哥哥和嫂嫂三人中，代助最怀疑父亲的人格。他推测，这次叫自己结婚并不一定是父亲的唯一目的。但是父亲的本意究竟是什么，他又没有机会弄个明白。作为儿子，他并不以为这样揣摩父亲的心理是不义的行为，所以他也不觉得父子中只有他才是最不幸的人。只是自己和父亲之间的隔阂一天深似一天，使他尤其感到不快。

他想象这种隔阂发展下去，最后就是断绝父子关系。他承认那是痛苦的，然而那种痛苦也并非不堪忍受，最可怕的是堵死了来钱的路子。

代助历来认为，当马铃薯比金刚石还宝贵的时候，人类社会就不像样子了。今后，一旦触怒了父亲，断绝了金钱关系，不管自己愿意不愿意，都得舍弃金刚石去啃马铃薯。作为补偿，只留下纯真的爱情，而这爱的对象却是别人的妻子。

他躺在床上一直思索着。可是，他的头脑始终没有找到具体的目标。就像没有权力掌握个人的命运一样，他也不能掌握自己的未来。同时，又像大致可以想象出自己的命运一样，他也能想象出自己的未来，他努力捕捉自己未来的影像。

这时代助的头脑里只不过产生了一种幻影，如同黄昏惊飞的蝙蝠那样时隐时现。他的意识随着那朦胧的羽翼飘忽来去，不一会儿，便堕入轻柔的梦境里。

突然有人在耳畔敲响了吊钟，代助还未来得及想到火警就醒了。但他没有起床，仍旧躺在那儿。平时，他在梦里经常听到这种声音。有时，这种响声一直持续到他意识恢复之后。五六天之前，他梦见自家的房屋摇晃起来，醒来后，他的肩膀、腰部和脊背都明显地感到身子下边的地板在震动。他还时常在醒来之后体会梦中的心跳，就像圣徒一样，把手放在胸脯上，半睁着眼，痴痴地望着屋梁。

这时，代助躺着，静听吊钟的声音在耳底渐去渐远。然后起来，到茶室一看，自己的饭盘上盖着竹罩，放在火盆旁边。挂钟已过了十二点了。老妈子看看饭菜已收拾停当，便回到自己屋里，两肘撑在饭桶上打盹。门野不知道到哪里去了，连他的影子也看不见。

代助在洗漱间用水冲了冲头，一个人到茶室就餐去了。他孤单单地吃罢饭，又回到书斋，这才想起来已经好久没读书了。

他把看了一半的西洋书翻到夹着书签的地方，书中前后的关系全忘记了。在代助的记忆中，这种现象是少有的。他在学生时代就是一个好读书的人。毕业后，没有衣食的烦恼，可以随意从书本里吸收知识，他常常为这样的身份而自豪。有时一天里看不了一页书就白白过去了，他从习惯上总感到是荒废时日。因此，哪怕发生再大的事故，他都尽可能坚持同书籍交朋友。有时他感到，读书是自己唯一的特长似的。

而今，代助抽着香烟，又茫然地向后边翻了两三页。为了弄清楚作者有哪些论点，以后又怎样发展下去，他颇费了一番周折。这种努力不像乘木船下栈桥那样轻松。两种事物在相互交错的关系之中，对甲种事物尚未搞清来龙去脉的时候，就不得不转向乙种事物上来了。代助耐着性子，约莫有两个小时，他一直把眼睛集中到书本上，最后实在受不了了。他所读的书，作为铅字的集合体，在某种意义上，肯定会映在他的头脑里。然而，他从中却找不到和自己血肉相关的东西。好比隔靴搔痒，总得不到满足似的。

他合上书本。他想，在这个时候读书是不合适的。他的心已经安静不下来了。他的痛苦也不像往常那样是由于倦怠而产生的。代助的忧愁不是来自对一切事物的厌烦，他目前的心境是总想干点什么。

他站起来走到茶室，又把那件叠好的披风披在身上，穿上摆在房门前的木屐，飞也似的走出大门。时候是四点钟。他下了神乐坂，看到一辆电车就上去了。售票员问他到哪里，他随便应了一句，打开了钱包。他给三千代后剩下的旅费还深深地放在钱包底下。代助买了车票，点了点钱数。

当晚，代助在赤坂一家妓馆里过了夜，在那里听到一个有趣的故事。一个年轻美貌的女子，同过去的男人发生关系，怀了孕，快要临产的时候，悲伤地掉下了眼泪。后来，人家问她为什么哭，她回答说，自己年纪轻轻就生了小孩，太可怜了。这个女子只有一个短暂的时间专一于爱情上，现在无情的母子关系压抑着她年轻的心灵，使她感到人生无常。这当然不是一个坚强的女人，她只一味追求肉体的美和精神的爱，其他什么也不顾了。代助揣摩着这个女人的心情，他感到这个故事很有意思。

第二天，代助终于又到三千代那里去了。上次给她的钱，三千代有没有告诉平冈？如果告诉了他，对他们夫妻关系产生了什么影响？所有这些疑问，都成了他再度会见三千代的口实。他对她的关注的心情，驱使他坐卧不宁，最后竟像一阵风儿一样，将他吹到三千代身边。

代助离家之前，把昨晚穿的内衣和单层和服全都换成新的。外面正一天暖似一天，太阳火辣辣地照着，仿佛潮湿的梅雨季节还很遥远似的。同昨晚的心情相反，自己的黑影显露在这种光亮里，使他有些受不住。他戴上宽檐的夏帽，心里巴望早些进入雨季。还有两三天就要入梅了，他的脑子好像有了预感一样，总觉得昏昏沉沉的。

来到平冈家门口，连那遮蔽在神志不清的脑袋上的根根头发，都感到燥热。进门之前，他先摘下帽子。格子门上了闩，代助听到响声，转到后门一瞧，三千代和女佣一起正在裱贴浆洗的布片，晾晒板就靠在储藏室的山墙上。三千代探着细长的脖子，曲着身子，十分吃力而认真地做着活计。她停下手来，望见代助，一时没有说什么。代助也默然不响地站了好大一会儿。

"你又来啦？"三千代挥动一下湿漉漉的手，从厨房里跑过来，同时用眼睛示意代助叫他回到大门口去。三千代亲自来到放鞋子的台阶上，用手解门闩。她说敞着门太危险，才闩紧的。也许一直在明朗的阳光下劳作的缘故，她的面颊红润润的，那红晕一直蔓延到双鬓。额头还像平常那样苍白，上面微微渗出了汗珠。代助从格子门外面注视着三千代柔嫩的肌肤，静静地等她开门。

"劳你久等啦。"三千代向旁边闪了一步，代助擦着她的身子走进去。来到屋内一看，平冈的桌前，放着平整的紫色坐垫。代助一见到这个，心里总有点不是滋味。院里的地面还没有踩扎实，泛着黄色的地方长着乱蓬蓬的杂草。

代助跟三千代说，在她正忙的时候又来打搅，真有些过意不去。代助一边寒暄，一边望着荒寂的院子。他想，叫三千代待在这样的家里，实在太可怜了。三千代两只手的指尖被水泡得有些发胀，她把手掌叠放在膝头，告诉代助，她感到无聊才浆洗布片来的。她所说的无聊，是指丈夫经常外出，自己孤单单一个人过着寂寞清苦的日子。

"你挺好的嘛。"代助特地挑了一句。三千代并不打算把自己凄楚的心境向代助倾诉，她默默地站起来，到里面屋子去了。她把衣柜上的杯子弄得哗啦哗啦响，随后捧出了一只裹着红天鹅绒的盒子。她坐在代助面前，打开盒子，里边完好地放着代助从前送给她的戒指。

"呶，都在这儿呢。"三千代带着歉意向代助说。接着又马上走回去，生怕外人知道似的，悄悄地把那只富有纪念意义的戒指放在柜子里，然后又回来坐下。

代助没有再提戒指的事，他望着院里的杂草说：

"你那样空闲，怎么不收拾一下院里的杂草呢？"

三千代沉默着，一言未发。过了一阵，代助改口问道：

"上次那事跟平冈君说了没有？"

"没有。"三千代低声回答。

"这么说，他还不知道啊？"代助又叮问了一句。

据三千代自己说，她本想告诉平冈，但他一直没在家里安稳地待过，所以拖到现在还未让他知道。代助并不认为三千代在说谎。但他又想，她如果打算告诉丈夫，只要有五分钟的空闲时间就行了。她之所以瞒着平冈，是因为不便启齿或者心里有什么隐忧的缘故吧。代助觉得，是自己促使三千代对平冈犯下了罪行。然而，这并没有使他的良心受到谴责。在他看来，法律上如何制裁是另外一回事，从自我反省这个角度来看，对于事情的结果，平冈也明显地负有不容推卸的责任。

代助向三千代打听了平冈的近况。三千代同往常一样，不愿意多说。然而，平冈对妻子的举动行为和结婚时比起来，显然大不一样了。他们夫妻一回到东京，代助就看破了这一点。此后虽然没有探听过两人的心事，但他们的夫妻关系在一天天迅速地向坏的方面发展，这是个毋庸置疑的事实。假如他们的疏远是由于中间插进来个代助引起的，那么代助今后也许会更加谨慎行事。不过，代助凭着自己的推测，他不相信这一点。代助断定，他们夫妻关系的变化，一方面是由于三千代生病，肉体关系的不和谐给丈夫的精神带来了深刻的影响，另一方面是因为孩子的去世，再就是平冈放荡的生活。此外，他在公司事业上的失败以及游乐生活所造成的经济上的拮据局面也是一个重要因素。总之，代助认为，平冈娶了个不该娶的妻子，三千代嫁了个不该嫁的丈夫。代助十分反悔，自己不该受平冈之托再三劝三千代嫁给他。然而他一点没有意识到，正因为自己打动了三千代的心，平冈才同妻子疏远起来的。

同时，代助对三千代的爱情，在承认他们夫妻关系的前提下继续发展着，这一点又是无可否认的。三千代嫁给平冈之前，代助同她的关系究竟发展到如何地步姑且不论，不过他对目前的三千代决不会无动于衷的。他对身患疾病的三千代比对往昔的三千代更加同情；他对失掉孩子的三千代比对往昔的三千代更加怜悯；他对丧失丈夫爱情的三千代比对往昔的三千代更为体贴；他对陷入生活苦难中的三千代比对往昔的三千代越发忧心。但是，代助永远都没有胆量从正面离间他们的夫妻关系，他的爱情没有发狂到这种程度。

眼下，三千代所愁的是经济问题。听她说，平冈自己挣来的生活费，根本不用在吃饭上。代助心想，这是个首先要解决的问题。

"我见到平冈君，好好劝劝他。"代助说。

三千代带着凄凉的神情看了看他。代助明白，如果谈得顺利当然很好，要是话不投机，反而会给三千代惹来更大的麻烦。他不便坚持自己的这个主张。三千代又回到里屋拿来一封信，这封信装在浅蓝色的信封里，是北海道的父亲寄给她的。三千代从纸袋里掏出这封长信，递给代助看。

信上说，他在那边很不如意，物价高涨，生活困难，又没有亲戚朋友照料，诸多不便，想到东京来，问女儿行不行。上面写的尽是些令人伤心的事情。代助仔细地把信叠好，还给三千代，这时，三千代的眼眶里噙满了泪水。

三千代的父亲，过去曾经有过为数不小的田产，日俄战争时，在别人的怂恿下，因购买股票折了本，他狠着心把祖上的田产全卖光，到北海道去了。代助在看到这封信之前，一直不知道他的消息。三千代的哥哥在世的时候，经常向代助说，他们家没有什么亲戚，三千代只是靠着父亲和平冈生活过来的。

"我真羡慕你呢。"三千代眨眨眼睛，代助没有勇气否定她的话。过了一阵，她又问：

"你为什么不娶夫人呢？"

代助也无法回答她的这个提问。他默默地对着三千代的面孔望了好大一会儿。女人的双颊渐次消尽了血色，比平素更显得苍白了。代助开始感到，他和三千代这样面对面长久坐下去是危险的。就在这两三分钟内，语言交流着双方的情爱，无意之中驱使他们去超越道德的准绳。代助心里明白，即使谈话再向前跨进一步，他仍然可以若无其事地折返回来。每当他读西洋小说的时候，看到书里男女的情话那样露骨、放肆，那样率直、热烈，总有些奇怪。阅读原文当然不必说了，译成日语就有些无法表达的情趣。代助丝毫不想使用外国的语言来发展自己同三千代的关系。至少在他们之间，用平常的语言完全能够充分表达彼此的情怀。然而，一不留神就会不知不觉地滑向危险的境地。代助用心提防着，每当到了还有一步之差就要堕入危险的时候，他就极力留住脚步。

"我孤寂一人，实在有些受不了，下次有空再来吧。"

代助回去的时候，三千代把他送到门口。女佣仍然在里面裱贴浆洗的布片。

代助来到外面，迷迷糊糊走了一段路。他虽然觉得应当在适当的时候控制自己，但心里总有些不满足。命运为他们做了安排，可他的话没有说完就回来了。然而代助并不后悔，他认为，再谈上五分钟或十分钟，结果都和现在一样。他觉得现在自己同三千代的关系，从上次见面时就已经取得了进展，不，或许还要更早。代助逐一回溯着两人过去的交往，每一件事情里都交织着两人炽热的爱情。从两人的关系中，他感到三千代在嫁给平冈之前就等于已经嫁给自己了。想到这里，他的心上像压了一块石头，脚步异常沉重。回到家里，门野问道：

"您的脸色很难看，究竟出了什么事啦？"

代助走进浴室，揩干净苍白的额头上渗出的汗珠，然后把那长得很长的头发浸在冷水里。

此后的两天里，代助一直没有外出，到了第三天下午，他乘上电车到报社去看平冈。他决心见到平冈，好好为三千代诉说一番。他把名片交给看门人，便坐在布满尘土的传达室内等候。他不时地从袖口里掏出手帕掩住鼻子。过一会儿，他被领到二楼会客室。这里通风不好，是个又闷热又阴暗的狭小房间，代助在这里抽完了一根香烟。写着编辑室的房门始终敞开着，人们出出进进。平冈也打里面走出来，他仍旧穿着那件凉衫，佩戴着洁净的衬领和护袖。他来到代助面前，急急忙忙地说：

"啊，好久不见啦。"

代助也站起来招呼。这时正是编辑工作最忙的时候，他们不能从容谈话。代助询问平冈何时有空，平冈从口袋里掏出表看了看说：

"对不起，过一小时之后再来怎么样？"

代助拿起帽子，又沿着灰暗的布满尘土的楼梯下来，出了大门。外面依然刮着习习的凉风。

代助无目的地随处逛着，他在思忖见了平冈以后应如何开口才好。他想眼下多多少少要给三千代一些安慰，不过，这也许会伤害平冈的感情。代助甚至想到，弄得不好说不定会在他和平冈之间出现裂痕。到那时如何拯救三千代呢？他还没有考虑成熟。代助当着三千代的面，没有勇气把两人的关系进一步深化下去，同时他又意识到自己应当为三千代做点什么。所以今天的会见，与其说是出于理性的万全之计，毋宁说是一次为情感的旋风所驱使的冒险行动。这是和代助平素的性格相悖的。然而代助自己并未察觉到这一点。一个小时之后，他又来到编辑室的门口，然后同平冈一起走出了报社的大门。

穿过三四条街，平冈带头走进了一家酒馆。客厅的屋檐上悬挂着风铃儿，狭小的庭院里洒了水，地面湿漉漉的。平冈脱掉上衣，马上盘腿坐下，代助并不觉得那么热，一把团扇只在手中拿着。

开始谈起了报社的情况。平冈说这里工作太忙，不如做生意惬意，但话语里听不出有后悔的样子。代助同他开着玩笑，说平冈对报社工作，不想负什么责任吧。平冈一本正经地加以辩解。他还列举事例说明今天新闻事业竞争十分激烈，必须有一副敏锐的头脑才行。

"是的，光靠文笔好还不成啊。"代助说这话的当儿并没有显示出钦佩的神色来。

"我是负责经济的，单从这方面就可以举出许多事实来。我想把你府上经营的公司的内幕写出来给你看看。"平冈说。

代助因为平时早有觉察，所以听到平冈的话，他并没有吃惊得发起呆来。

"写写倒也有些意思，不过你得要秉公而论啊。"

"我当然不会撒谎啰。"

"不，我是说不光写我哥哥的公司，其他公司的桩桩件件都要大加笔诛。"

"光日糖事件还显得不够啊。"这时平冈神秘地笑着，好像牙缝里塞满了什么东西一样。代助喝着闷酒，谈话越来越没有什么兴头了。是实业界内部的情况引起了平冈的联想还是别的什么原因呢？他突然向代助大肆吹嘘起当年日清战争[1]时期，关于大仓公司的一些铁闻来了。据平冈说，当时按规定，大仓公司要供应广岛的军队几万头牛作为给养。他们每天交去几头，夜里又悄悄偷出来，第二天佯装不知，再把牛送回去。官府每天花钱买的还是原来那几头牛。最后发觉了，就在买来的牛身上打了烙印。可是大仓的人不知道，又去偷了回来，第二天照样若无其事地牵去卖，这下子可就露馅了。

代助听到这样的故事后，心想，从触及社会现实这点来说，它是现代最典型的一出滑稽剧。平冈还谈到，政府最害怕幸德秋水[2]这样的社会主义者。幸德秋水的住宅周围，每天都

1　指中日甲午战争。

2　幸德秋水（1871—1911），日本早期社会主义者。1910年因所谓"大逆事件"（暗杀明治天皇未遂）被起诉，翌年被处死。

有两三名警察昼夜站岗，有时张起帷幕，从中监视他的行动。秋水每逢外出，总有警察尾随其后，一旦断线，整个东京都要骚动起来，电话接连不断地报告情况。"刚才还在本乡，现在又到神田去了。……"新宿警察署为着秋水一人，月月要开销一百多万日元。秋水的朋友，一个卖糖人儿的，当他在大街上做生意的时候，穿着白色制服的警察，也要把鼻子凑到糖人儿前嗅一嗅，故意找麻烦。

这些并没有在代助心里引起什么反响。

"这不也是现代最典型的滑稽剧吗？"平冈重复着刚才代助的那句评论，进逼似的问。

代助笑了笑，他对这些不太感兴趣。况且他今天来并不是为了闲聊，所以只好把社会主义的话题搁在一边。刚才他硬逼着平冈辞掉叫来的艺伎，也是出于这种心情。

"我有话要找你说。"代助终于开了口。平冈立即改变了神情，眼睛不安地盯着代助，然后突如其来地对代助说：

"唉，我很早就在努力想办法，可眼下实在不行，再等一些时候吧。关于令兄和令尊的事，我不打算那样写啦。"

代助听了这番话又鄙夷又憎恶，于是冷冷地说：

"你变得真快。"

"还不是跟你一样的变，只好这么鬼混，没办法啊。所以请你再等一些时候。"平冈一面回答，一面强作笑容。

不管说些什么，代助决心把自己心里的话讲完。他声明自己不是来讨债的。代助想，要是一直瞒着平冈，他定会生气的，所以无论对方有什么误会，他仍然照着自己的意思行事。不过，首先使代助踌躇的是，如果平冈知道三千代向代助谈了

169

一些家务事，会不会给她招来麻烦。假如避开这个问题不说，那么，什么忠告和劝解啦都无济于事。代助没办法只好绕个弯子说：

"看样子，近来你经常出入这种场合，同这里混得很熟啊！"

"我不像你那样有钱，可以摆摆阔气。人情往来没办法呀。"平冈说着，动作熟练地端起酒盅送到嘴边。

"我随便问问，家里经济收支情况持平吗？"代助单刀直入地问。

"嗯，马马虎虎，可以对付。"平冈的语调忽然低沉下来，有气无力地回答。代助没有深追下去。他只得改口问：

"平常这时候总该回家了吧，前几回我去拜访，你总是很迟才回去。"

"早回去晚回去，都是工作没有规律造成的，有什么办法。"平冈依然回避问题，含糊其辞地为自己辩解。

"三千代太寂寞了吧？"

"哪里，还好。她也改变多啦。"平冈望望代助。从平冈的眼神里，代助感到一种威压，他觉得这对夫妻再也不能恢复到原来的那种关系了。如果这对夫妻被自然的刀斧斩断了关系，那么在代助的命运里，失去的未来就会重新回到他的面前。这对夫妇越是疏远，代助就越要接近三千代。代助乘兴说道：

"我想不会有那种事吧，再怎么改变，也只能是年龄上的变化。你还是经常回家安慰安慰她。"

"你是这样想吗？"平冈说着咕嘟喝了一口酒。

"不论谁总要这样想的。"代助不经意地随口说道。

"你还以为三千代是三年前的三千代吗？她变多啦，变多啦!"平冈又喝了一口酒。

"没变,我看她还和从前一样一点都没变。"代助激动起来。

"可我一回家就感到无聊得很。"

"那怎么会呢?"

平冈圆睁着眼望着代助。代助有些气闷,但他并不感到自己像被雷火击中的罪人那样。他虽然不如平素那样冷静,在情绪冲动的时候说了一些不合逻辑的话,不过自己是为了眼前的平冈着想,这一点是确信无疑的。平冈夫妇依然是三年前的平冈夫妇,他以此为依据,才试图把自己从三千代那里脱离开来。这最后的尝试大部分是无意识的。他丝毫不想对平冈隐瞒他同三千代的关系,他认为隐瞒是不明智的。代助之所以对平冈说出那些不信任的话,是他自以为比平冈要高尚、优越得多。过一会儿,代助又恢复了平常的调子:

"不过,你老在外面,自然要花一些钱了,因此家庭经济也就困难起来,才渐渐感到待在家里没意思的。不是吗?"

"家庭?家庭算什么?只有像你这种打光棍的人,才把家庭看得如此重要。"平冈把白衬衣的袖口一直卷到胳膊肘。

代助听到这话,对平冈有些厌恶起来。他真想痛痛快快把心里话掏出来,明明白白正告他:既然那样讨厌家庭,那我就要把你的妻子夺过来了。然而,两人的谈话还不至于达到这种地步。代助又从别的事情上摸索平冈心里的想法。

"你刚来东京的时候不是还开导过我,要我干点什么的吗?"

"是啊,后来听到你那消极的人生哲学,吃了一惊。"

代助实际上想,平冈是吃了一惊。当时的平冈就像一个狂热的患者一样,总渴望着有些作为。他急于发迹的目的是为了抓取金钱、名誉还是权势呢？或者就是单纯为了找个职业呢？这些代助也都不得而知。

"像我这种精神受到损伤的人，不得已才提出那种消极的见解来的。我的见解是不要人效法的。人各有志，我的想法只适用于我，决不想说服你也照我的那一套意见行事。我那时很敬服你的志气，正像你自己所说的，你是一个讲求行动的人，我很希望你我都能行动起来。"

"我当然想大干一场啦。"平冈只回答了这一句话，代助在心里揣摩着他的意思。

"是在报社里干吗？"

平冈略略迟疑了一下，稍停，断然地说：

"只要人在报社里，就在那里干下去。"

"我懂啦，我不想询问你一生的事业，你的回答已经够多的啦。不过，你认为报社会给你一些有意思的工作干吗？"

"我想会的。"平冈简短地答应着。

话到这里，尽是谈论些抽象的事去了。代助明白平冈说的意思，但却丝毫摸不透他内心里的真正想法。代助总是把平冈当成政府委员或辩护律师一样看待，此时，他决心向对方讲述一番颇有策略的恭维话。他举出军神广濑中校[1]作例子。日俄战争时期，广濑中校参加封锁队而阵亡，被当时人们尊为军神加以崇拜。可是，到了四五年以后的今天，人们几乎不再提军神广濑中校的名字了。英雄盛衰，如此急遽。这是因为很多时候，英雄对于一个时代来说是极为重要的人物，其名声虽然显

---

1 广濑武夫（1868—1904），日本驻俄武官，死后晋升中校获金鸡勋章。

赫，但他又是实实在在的人。过了那个时代，历史就渐渐剥夺了他作为英雄的资格。在同俄国打仗的紧要关头，封锁队至为重要，一进入和平恢复时期，纵然有一百个广濑中校，也不过是一群凡夫俗子而已。历史是最讲究实效的，对于一个普通的老百姓是如此，对于英雄亦是如此。所以英雄、偶像也是互相竞争，时时发生新陈代谢的。代助并不迷信英雄。他认为，如果有人想成为威震海内的英雄人物，与其靠着一时的威力，不如仰仗永恒的文字，办报倒是这方面具有代表性的一着。

代助说到这里停下了。这本来是奉承之辞，自己又讲得不够老练，心里觉得十分滑稽、无聊。

"谢谢你。"从平冈的回答里显然可以看出来，他既没有生气也没有受到感动。

代助因自己过低地估计了平冈而有些羞愧。照代助本来的计划，他想先把平冈说活了，在适当的时候，再把话题转到家庭上面来。他苦心孤诣地绕了一个圈子，还未接触到正题就失败了。

这天夜里，代助到很晚才同平冈分手。从会见的结果来看，他自己也不知道为什么到报社访问平冈，平冈更是不知道代助的来意。一直到代助离去，平冈都没有询问他来访的目的。

第二天，代助独自待在书斋里，一遍又一遍地回忆昨天晚上的事。他和平冈一起谈了两个小时，谈得比较认真的也就是在为三千代辩护的时候。然而这种认真只是藏在内心里，口头上只不过随便敷衍几句，严格说来，只能算是撒谎。代助认为自己只有抱着真诚的动机，才能找到拯救自己未来的手段。不过在平冈看来，代助根本没有什么真诚的东西可言，代助一说到别的话题，就企图引导平冈摆脱现在的立场，按照自己的主意行事。他当然要落空了。

如果，代助无所顾忌地抬出三千代来，正面提出自己的看法，更会把事情弄大。那一定会激怒他，刺伤他的内心。同时，三千代也要受到连累。平冈说不定会和代助闹翻。

代助不知不觉之间妥协了。为了安全起见，他只好对平冈采取了软弱的方针，他一方面向平冈让步，一方面又不甘心把三千代的命运全部托付给平冈，他为她感到不安。这只能说，代助是腆着脸皮使自己陷入这种不合逻辑的矛盾心理之中的。

代助十分钦羡过去的人，他们在头脑判断不清的时候，固守自己利己主义的立场，坚信是为了别人的。他们时而唏嘘流涕，时而慷慨激昂，用这种办法吸引对方就范，以此实现预想的目的。代助想，自己的头脑要是糊涂一点，昨晚的谈话也许会打动对方，从而收到良好的效果。代助时常被别人特别是自己的父亲批评为热情不足的人。他自我解剖了一下，确是如此。人们不能长久保持一种高尚而纯真的动机和行为，以便热诚相待。平时人们只能保持一种十分低劣的动机和行为。凭借这样的动机和行为，却抱着热诚的态度去处理事物，这只能是不辨良莠的头脑幼稚的人，再不然就是招摇过市的骗子手。因此，他的冷漠，虽然不能算是人生的进步，但却是解剖人生后得出的结果。代助平时衡量自己的动机和行为，感觉其中包含着许多狡黠、不老实和虚伪的成分，所以他不可能满腔热诚地将自己的动机和行为付诸实施。

代助的心情充满矛盾，他思考着是把同三千代的关系直线发展下去呢，还是全然相反，回到那种素昧平生的往昔呢？二者必择其一。否则，就等于失掉了生活的意义。其他一切不即不离、藕断丝连的交往都只能是自欺欺人，虽然无碍于社会，然而对自己却是毫无价值的。

代助认为，他同三千代的关系完全是天意促成的，他只能这么想。众口铄金，他深知人世社会的凶险。违拗人世意愿的爱情，要遵照上天的旨意行事，当事者往往以死才能博取社会的承认。他俩之间果真会发生这样的悲剧吗？代助想到这里，不禁毛骨悚然起来。

他又从反面想了想，假如同三千代永远分离又会怎样呢？那就只有违反上天的旨意，牺牲自己的理想，听从父亲和嫂嫂的规劝，选择结婚这条道路。他想，结婚可以重新改变自己同一切人的关系。

十四

是听任自然的摆布，还是做个有意志的人呢？代助感到迷惘。按照代助的信念，他不愿意把自己对冷热变化都有敏感反应的头脑，置于一种僵硬的、没有一点灵活性的方针之下，像机器一般被束缚起来。他深深地感到，自己的生活正面临着危机，他将受到一次重大的考验。

关于结婚一事，家里要他好好想想，代助回来以后，并没有找到时间认真思考一番。他只庆幸今天总算逃离了虎口，又可以放荡自由了。父亲虽然还没有催他回话，但看样子这两天也许要叫他到青山去一趟。代助心想，本来同父亲见面之前，思想上就没有什么准备，这回如果被叫去，那就看着父亲的面色，相机行事好了。代助并不想捉弄父亲，他打算一切回答都按照当时的情况，权衡对方和自己的处境，以便临机应变。

代助如果不感觉到他同三千代的关系已经面临着最后的关

头，他对父亲是会采用这种方法的。但是，他又觉得，不论父亲的面色如何，他都要打出手中的这张牌来。不论对平冈有何影响，也不管父亲满意不满意，只要甩出这张牌，一切都只好顺乎天意了。自己手里的这张牌还要靠自己打出去。代助暗暗思忖，权威最终属于自己，父亲、哥哥和嫂嫂都远远没有决断的权力！

代助只是对自己的命运抱有一种卑怯感。这四五天来，他思量着手心里的这张牌，今天依然紧紧攥着它。他多么希望命运尽早从门外走来，轻轻扳开他的手掌，另一方面，当他意识到自己仍然攥着这张牌的时候，他又感到无比的高兴。

门野时时到书斋来，每次他都看到代助凝神坐在桌子前边。

"出去散散步怎么样？这样用功会把身体弄垮的。"有一两回，门野这样劝他。代助的面色确实不好。时令已到夏季，门野每天都为他烧水。代助每次入浴前，总要照好长时间的镜子。他是个须发旺盛的男子，稍稍长出一些来，就显得颇不雅观。摸上去扎扎拉拉，觉得很不舒服。

饭食还同往常一样，由于运动不足，睡眠没有规律，再加上头脑疲乏，致使他排泄机能产生了异常。不过代助毫不介意这些。他一味考虑自己的心事，几乎无暇顾及生理方面的变化。习惯成自然，他成天无休止地思考这些问题，反而觉得比努力追求那些无关紧要的事情更轻松些。

代助对自己犹豫不定的态度厌恶起来。为了发展自己同三千代的关系，不得已只好断绝佐川这门亲事，他想到这里不由得吃了一惊。然而在他不断思考的过程中，从未出现过这样的念头——断绝和三千代的关系，答应同佐川小姐结婚。

代助反复考虑之后，决定辞掉这门婚事。在下决心之后，他又想到必然会有一股力量把他紧紧地束缚在三千代身上。想到这里，他又害怕起来。

代助静静地等待父亲的召唤，可是父亲那边一直没有消息。他想再去见见三千代，又鼓不起这股勇气来。

最后，一个念头渐渐在代助头脑里占了优势，从道德的形式上来看，结婚会使他同三千代隔绝开来，然而从道德的内容上看，却不会给他俩带来任何影响。自己既然和已经嫁给平冈的三千代保持着那样的关系，就不会因为自己的结婚而把这种关系中断。当然从表面上也许保持不下去了，但实际上却束缚不住彼此的心灵。不过，这只能给他增加无穷的痛苦。这就是代助的判断。看来，他除了辞退这门亲事再没有别的路子可走了。

代助就这样下定了决心。第二天，他理了发，刮了胡子。他已经许久没有这般打扮过了。入梅以来，下了两三天大雨，地面上，树枝头，都静静地涂上了一层泥垢。太阳比先前弱了，地面上笼罩着一团温湿空气，阳光从云缝里照下来，像失去了一半反射的力量，显得十分柔和。代助在理发店里，对着镜子照了照，抚摸着他那胀鼓鼓的面颊，心里忖度着，从今天起振作精神好好生活下去。

来到青山一看，大门口停着两辆人力车。等候在那儿的车夫靠着脚踏板睡着了，没有发觉代助走过去。梅子坐在起居室里，膝盖上摊着报纸，出神地望着庭院里的绿叶，她也显得很困乏。代助突然在梅子跟前坐了下来。

"父亲在家吗？"

嫂嫂先没有回答，用准考官的眼色打量了他一下。

"阿代，你怎么瘦啦？"

"不会吧。"代助又摸摸面颊，否认道。

"你脸色很不好呀！"梅子仔细端详着代助的面容。

"也许是院子里的树叶照的吧？"代助望着院子里的树木。

"我总觉得你的脸色有些苍白。"代助说道。

"我这几天也不太舒服。"

"怪不得呆呆地坐在这儿。怎么啦？是感冒吗？"

"我也不知道，反正老想打呵欠。"梅子回答。

她马上挪开膝头的报纸，拍了拍手，招呼用人。代助又问她父亲在不在家。梅子早把这事忘了，经代助一问，这才告诉他，门口那两辆车子就是父亲的客人乘的。代助想，恐怕得等好长时间客人才能回去。嫂嫂说头脑不太清醒，要到洗漱间洗洗脸。她说罢就站起身来。女佣把又香又甜的葛粉粽子盛在深底盘子里端过来。代助提起粽子上的细绳，不停地闻着。

梅子神清气爽地从洗漱间走回来。代助把粽子荡得像钟摆一般，问道：

"哥哥怎么样？"

梅子似乎觉得对这句陈腐的问话没有回答的义务，她在廊子边上站了一会儿，望着庭院。

"下了两三天雨，青苔都泛绿啦。"她带着不同寻常的神色观察了一番，然后回到原来的坐垫上。

"我问你哥哥怎么样啦。"代助又把先前的话重复了一遍。

"怎么样啦？还是老样子。"嫂嫂越发淡然地回答。

"他还那样成天不着家吗？"

"是呀，是呀，从早到晚很少能在家待一会儿。"

"这样嫂嫂不是太寂寞了吗？"

"到现在你还提这些事，叫人有什么办法呢？"

梅子笑了。她是以为代助故意逗她，还是觉得这种问话太孩子气了呢？从她的神色上一点也看不出来。代助回顾着自己的过去，今天正儿八经地提出了这样的问题，连自己都感到奇怪。以往，他长期目睹哥嫂的关系，并没有发现什么。从嫂嫂平素的言行上，代助也觉察不到她有什么不顺心的地方。

"世上的夫妻都是这样过的吗？"代助自言自语，他并不期待梅子的回答。代助也不瞧她，只顾望着铺席上的报纸。

"你说什么？"梅子忽然问道。代助被她一问，吃了一惊，目光顿时转向了梅子。

"等你娶了夫人，就整天在家里陪伴着，一心爱着她吧。"

经梅子一说，他这才猛然想到对方是嫂嫂，而自己也不是平时的代助了。于是，他尽量使自己保持着往常的冷静。

然而，代助的全部精力都倾注在如何抗婚以及抗婚后自己和三千代的关系上去了。所以不管他怎样克制自己，时时注意对方不是别人而是嫂嫂，但在他的谈吐中，总是常常不自觉地冒出几句梅子料想不到的奇怪的话来。

"阿代，你今天好像有什么心事啊！"梅子最后说道。

代助本想把嫂嫂的问题转移到别的方面去，可是他又觉得那样做太轻薄，太麻烦，今天他不会采用这种手法了。于是，他一本正经地叫嫂嫂指出他究竟哪些地方反常。梅子感到代助这样问她实在可笑，她有些莫名其妙。代助越发逼得紧了，梅子只得先说道："好，我告诉你。"接着就举出了代助话里的几个例子。梅子认为代助给她讲话是故意装正经。

"你问我，哥哥不在家是否太寂寞了，这都是你为别人思考过深才能说出的话啊。"

"不，在我认识的女性中，我只对一个人这样说过。我看她实在可怜，就想摸摸别的女子是怎么想的。我绝不是说讥诮话啊。"

"真的吗？她叫什么名字？"

"名字不好说呀。"

"你劝劝那家老爷，叫他好好疼爱自己的夫人不就得了？"

代助微笑着。

"嫂嫂也这样想吗？"

"当然啰。"

"要是她的丈夫不听我的劝，怎么办呢？"

"那就没法子啦。"

"放着不管吗？"

"除了放着，你还能怎么样？"

"那位妻子对自己的丈夫，有义务谨守妇道吗？"

"那太苛责她了，这都怪丈夫太薄情啦。"

"要是有人对这位夫人有意呢？"

"我不知道，太离奇啦！要是谁喜欢她，当初就嫁给谁好了。"

代助默默地思考着。过了一阵，叫了声："嫂嫂！"梅子听到他深沉的语调，不由得吃了一惊，再次打量着代助的神色。

"我想辞掉这门婚事。"代助依然深沉地说。

代助那只拿着香烟的手微微颤动着。梅子带着一副失神的表情听代助诉说他抗婚的理由。代助哪管嫂嫂会有什么反应，他只顾说下去：

"我在婚姻问题上，屡次蒙嫂嫂费心，这回仍要给你带来不安。我已经三十岁了，正像你所说的，本来有好多地方可以照你的意思办，可是考虑再三，我还是希望退掉这门婚事。对不起父亲，也对不起哥哥，这是不得已才辞的。我不是嫌她人品不好。上次父亲叫我回去好好想想，我都考虑好了，还是决定退婚。我今天来见父亲就是为的这件事，眼下他正会客，不便打搅客人，先给你说了吧。"

看到代助那副认真的样子，梅子像往常一样，没有打断他，一直听着。代助说完之后，梅子才谈了自己的意见，那是几句极为简单而又实际的话。

"这样父亲要作难的呀。"

"我见了父亲也会直接提出来的，没关系。"

"不过事情到了这步田地……"

"不管怎么样，我反正没答应要娶过来。"

"可你也没有明确说过不想娶呀。"

"这不是来说了吗？"

代助和梅子面对面坐着，沉默了好大一会儿。

代助觉得自己要说的话全都讲出来了，关于自己的事，再没有什么要向梅子诉说的了。梅子倒有好多话要说、要问。因为这些事情同前面的对话都有关联，她一时又不好开口。

"在你不知道的时候，婚事进行到怎样的程度，我也不清楚。但是，不管是谁都不会料到你会一口拒绝的。"梅子终于开口了。

"为什么？"代助的语气既沉着又冷峻。梅子扬了扬眉毛。

"你问我为什么，我也讲不出个道理来。"

"讲不出道理没关系，就请说说看。"

"像你这样老是不肯答应，到头来还不是一样吗？"梅子解释说。代助没有马上弄明白她的意思，用不解的眼神望着嫂嫂。梅子这才说明了自己的本意。

"你总得要娶夫人的吧，尽管不愿意也不成啊。老是自己想怎样就怎样，那也对不住父亲。既然哪个姑娘你都相不中，所以别人为你挑同你自己找没有什么两样，对你说来谁都配不上，世界上没有一个姑娘能使你满意。照这样，就只好先认定娶个不中意的夫人来再说。我们做哥嫂的，总想为你挑个最好的媳妇，这样也算了却一番心事。父亲也许不会给你一五一十详细谈论这些，不过在他看来，这是当然的。你要是不这样做，这辈子就别想看到你的夫人的面啦。"

代助平心静气地听嫂嫂说下去。梅子的话有时停住了，他也不轻易开口。代助想，要是加以反驳，事情只能越弄越僵，梅子决不会听从自己的意见。但他丝毫没有接受对方的劝告。代助认为，两人再争执下去，会使双方都感到难堪。因此，他向嫂嫂说：

"你的话也有些道理，不过我有我的看法，就先谈到这里吧。"

代助的话音里自然地流露出对嫂嫂干预的不满情绪。然而梅子并没有因此停住口。

"阿代，你不是小孩子了，自然有独立思考的能力。我们自不必说三道四，免得给你招麻烦。不过，你总得为父亲想想，他每月提供你生活费，要多少给多少，就是说你比做学生的时候更需要依靠父亲了。可是，自己上了年纪，儿子也成人了，照顾要得越来越多，就是不肯听自己的话，一味蛮干。你想，这样说得过去吗？"

梅子显得有些激动，她还想说下去，代助打断了她的话。

"娶了老婆不是更要给父亲添麻烦吗？"

"那倒不，父亲心甘情愿啊。"

"这么说，不管我满意不满意，父亲都下决心给我找老婆的啰？"

"能使你满意当然好，不过这样的人儿走遍全日本也见不到一个呀。"

"你怎么知道的？"

梅子直愣愣地望着代助。

"你怎么尽是跟我绕圈儿。"她说。

"嫂嫂，我有个喜欢的女人。"代助把苍白的额头凑到嫂嫂面前，压低嗓门果断地说。

代助过去常常把这话当作玩笑对梅子说过，梅子一开始就信以为真了，她甚至暗暗地从旁边探听过这件事情的真相。在她弄清楚是怎么一回事之后，代助所喜欢的那个女人，对梅子说来不屑一顾。代助尽管提到了，她也全然不加理睬，再不然就敷衍一番。代助呢？也显得一如往常。不过，唯有这个时候，他的内心特别激动，那脸色，那眼神，那低沉的嗓音里蕴蓄的力量，还有那越来越逼近的前前后后的关系，所有这一切都不能不使梅子感到惊讶。她从代助这句简短的话里，仿佛感受到有一把利剑闪着寒光。

代助从腰间掏出表来看了看，父亲那里的客人还迟迟不肯走，天又阴了。代助想，还是先回去，以后再找时间同父亲直接谈谈为好。

"我还会来的，以后再见父亲吧。"

代助说罢站起来。

梅子又恢复了原来的样子，她是个真心实意帮助别人又不肯中途撒手不管的女人。她强留住代助，问那女人叫什么名字。代助愈是不肯说，梅子愈是追逼得紧，代助终于没有告诉她。梅子又问代助为啥不把她娶过来，代助回答说因为不那么简单，所以才没有娶她。梅子最后流泪了，她抱怨代助为什么不请别人帮忙，责怪他为什么不早点告诉她。梅子说她很同情代助。然而，代助始终没有提起三千代的事。梅子终于折服了，当代助就要动身的时候，她问道：

"那么就等你自己跟父亲直接说去，我可以不再提了吗？"

代助也不知道是先叫梅子说为好还是不说为好。

"好吧，反正我会自己提出来退婚的。"他踌躇了一下，望着嫂嫂的面庞。

"行，要是方便的话我就提，如果找不到机会我就不吱声，等你来再原原本本向父亲诉说，这样可以了吧？"梅子亲切地说。

"那就拜托你啦。"

代助走出大门，他来到十字路口，打算从四谷步行一段，所以特地乘上了开往本盐街的电气火车。经过练兵场前面的时候，西边天空的浓云闪开了一道缝隙，梅雨季节难得见到的火红的夕阳，照耀着广袤的平原。阳光照射在向西行进的车轮上，随着车轮的转动反照出令人目眩的光亮。火车在辽远的田野里显得十分渺小，可见这田野是多么广阔。血红的太阳无情地照晒着大地。代助斜睨着眼前这番光景，任凭火车载着自己乘风前进。他脑袋有些沉重，车子开到终点以后，不知道是精神征服了肉体，还是肉体征服了精神，他十分倦怠地下了火车。代助拿过那把雨天使用的黑布伞，像拐杖似的拖着走路。

代助一边走一边在心里琢磨，今天的行为等于主动毁掉了自己的半条命。过去，他好歹应付着父亲和嫂嫂，总能给自己找到空隙，圆滑地生活过来。现在自己逐渐显露了本相，以往那种办法实难通融了。而且，再想求得原来的满足也更加不容易了。不过，他还有退却的余地，一定要想办法蒙混住父亲才行。代助暗暗嘲笑自己过去的作为，不论如何，他都得承认今日的告白等于毁掉了自己的半条命。他在这件事情上受到的打击，激励着自己对三千代更加倾注了无限热烈的感情。

代助下定决心，下次见到父亲再也不能退让一步了。他很害怕在同三千代会面以前又被父亲找去。他后悔不该让嫂嫂转达自己的意思，不能由她决定是否告诉父亲。她要是今晚就说了，说不定明天早晨就会被叫去。所以，今天晚上必须见到三千代，谈谈自己的打算。可是他又觉得晚上不太方便。

下了津守坡，已是日暮时分。代助经士官学校门口，直奔护城河畔方向。走过两三条街，在砂土原街拐弯的地方，特地沿着铁路走去。他不愿回家，他不想在书斋里度过闲静的夜晚。护城河对岸高堤上的松树，黑森森并排挺立着。中央线的电气火车接连不断打旁边驶过，代助看到那些灵巧的车厢在钢轨上快速地、毫不费力地滑来滑去，心中感到一阵轻松。可是，代助身旁这条护城河线上的车辆，却时常发出刺耳的噪声，令人生厌。快到牛込的时候，远远看到小石川森林闪烁着几点灯光。代助连晚饭也不打算吃了，他转身向三千代家的方向走去。

约莫二十分钟以后，他登上了安藤坂，来到传通院遗址的前面。两旁高大的树木遮掩着道路。代助从左边穿过去，走到平冈家门口，木板墙上照例悬挂着那盏电灯。代助把身子贴在墙板上，凝神望了好半天。一点声息也没有，院子里十分宁静。代助钻进门内，想隔着窗子喊叫一声。当他挨近廊缘的时候，忽然听到吧嗒一声，仿佛有人拍了一下小腿，站起来向里屋走去了。不一会儿，传来了说话声，听不见谈些什么，但听得出是平冈和三千代两个。不多久，谈话声停歇了，有人向廊缘边走过来，就在离代助不远的地方，一屁股坐下了。代助退到木板墙旁边，朝来时相反的方向走了。

好大一会儿，他自己也不知道走到哪里了。脑子里只顾想着刚才看到的那番情景。当他的思绪稍稍平静下来的时候，又觉得自己的举动有些不大光彩。他很奇怪，自己刚才为何那样卑怯，像受惊似的退了出来。他站在黑漆漆的小路上，世界仍然被黑夜所统治，他为此而暗暗高兴。梅雨季节，浓重的空气笼罩着他，使他每走一步都感到窒息。一登上神乐坂，眼前顿时光亮起来，周围全是人，无数只电灯光无情地烤着他的脑袋。代助一溜烟登上了稻秆店小街。

代助一回到家，门野依然带着漫不经心的神色问：

"怎么这样晚，吃饭了没有？"

代助不想吃饭，所以就回答说不要。他像赶走门野似的叫他退出了书斋。可是不到两三分钟，又拍手叫门野回来。

"家里没派人来吧？"

"没有。"

"好吧，就这些。"代助只说了这么一句。门野好像还不满足，他站在门口问：

"先生怎么啦？您不是回府了吗？"

"你怎么知道？"

"临走时您自己说的。"

"回是回去了，家里没有来人岂不更好吗？"代助觉得门野倒挺难对付的。

"啊，是吗？"门野不得要领地应着走了出去。

代助知道父亲对自己的事比对世界上所有的事都性急，他害怕自己离开家之后父亲派人来叫他，所以才这样问门野的。门野回到他的屋子之后，代助想，明天无论如何要去见三千代。

这天夜里，代助躺在床上考虑用什么办法同三千代见面。要是写信托车夫送给她，叫她到这里来，她也许会答应。不过，今天既然跟嫂嫂谈过了，明天谁能保证哥嫂他们不会突然袭来呢？到平冈家去吧，这对代助来说简直是一种痛苦。代助出于无奈，打算寻找一个同自己和三千代都没有关系的地方见面。

半夜里下起了大雨，房子周围响起了哗哗的雨声，吊起的蚊帐里反而觉得有些凉意。代助在这雨声里等待着天明。

雨下到第二天还没有停，代助站在湿漉漉的廊子上，望着灰暗的天空，又改变了昨晚的计划。他不愿意把三千代叫到一个普通的旅馆里谈话，不得已的时候，只好在蓝天下面见面，可天气又不作美。他根本不想到平冈家里去。看来只有一个办法，决定把三千代带到自己家里来。虽然门野在这里有些不便，说话的时候，注意不要传到他屋里去就行了。

午前，代助一直呆呆地望着雨天，一吃完午饭，他就穿上胶皮披风出去了。代助冒雨来到神乐坂下面，给青山的老家主动挂了电话，说明天自己回去一趟。接电话的是嫂嫂，她说上次谈的那事还没有告诉父亲，要他再好好思量思量。代助正说着感谢的话儿，这时警铃响了，谈话被切断了。[1] 接着，他向平冈的报社打电话，看他是否在上班，得到的回答是平冈确实在报社。代助又冒雨登上斜坡，走进花店，买了一大束白色的百合花，回到家里。他把雨水打湿的百合分插在两只花瓶里，剩下的把花茎剪短后放到水盆里泡着，然后，坐到桌子边给三千代写信。文字极为简单，只是说很想见她一面，有要事相商，务必来一下。

代助拍拍手招呼门野。门野呼噜着鼻子走进来，他拿起信说道：

"真香啊！"

"你给她雇一辆车子，让她坐车来。"代助叮嘱说。

门野冒雨向租车场走去。

代助望着百合花，让自己尽情地陶醉在满屋子浓郁的香气之中。花香刺激着他的嗅觉，昔日的三千代又分明来到他的眼前，不可排解的往事像轻烟一般不时地在脑海里萦绕。好大一会儿，他都在暗自思忖："今天才算回到了真正的过去。"当他这样说的时候，浑身上下便感到极大的安慰。他想，为何不早

1　外国公用电话过了限定的时间，警铃响后如不继续投放电话费，则自动切线。

一些回到往昔之中去呢？起初为何同自然相对抗呢？他从雨水里，从百合的香气里，从再次出现的往昔的回忆里，发现了纯真的和平的生命。这生命的表里都不存在什么私欲、利害和压抑个性的道德。它像行云一样自由，像流水一样自然，它的一切都是幸福的，因而也都是美好的。

不久，代助从梦中醒来，这片刻的幸福所产生的永久的痛苦，猝然涌上了他的心头。他的嘴唇发白了。他默默地注视着自己的双手，感到指甲下面流动的血液似乎都在颤抖。他站起来，走到百合花旁边，把嘴唇凑到花瓣上，嗅着馥郁的花香，鲜艳的花朵使他感到目眩。代助将嘴唇由一朵花移向另一朵花，他吮吸着甘美的芳香，差一点失神倒在屋子中央。代助袖着两手，在书斋和客厅之间来回踱着，心感觉到剧烈的跳动。他不时走到椅角或桌边站住，然后再迈动步子。他那激动的心跳不容许他在一个地方长久站立下去。但是，为了认真考虑问题，他又不得不待在一个安静的地方。

时间渐渐过去了，代助不断地看着座钟上的时针，然后又探头望望窗外的雨天。雨点依然从空中飘落下来，天色比刚才更暗了。浓重的乌云盘旋着似乎要压到地面上来。这时，一辆水淋淋的人力车拉进了门。车轮的响声透过雨声震动着代助的耳膜，于是，他苍白的脸上露出了笑容，随即把右手放在胸脯上。

三千代进了大门，跟着门野来到走廊。她穿着青底白花的丝绸和服，勒着印花腰带，和先前的打扮全然不同，代助一看就觉得新鲜。她的面色还是不怎么好，当在客厅门前同代助见面的时候，眉眼顿时呆滞了，嘴巴也动弹不得。她站在门槛上，连脚步也迈不开。原来三千代读了代助的信之后，就想到会发生什么事情，这预感里藏着恐惧、喜悦和担心。她从下车到被领到客厅，脸一直涨得通红，心里揣摩着代助叫她来的目的。三千代的表情一下子凝结住了，她发现代助的表情比自己更为激动，仿佛有一股力量朝她冲击过来。

代助向椅子上指了指，三千代顺从地坐下来，代助坐在她的对面。两人默然相对，好久都没有开口。

"有什么事吗？"三千代终于发问了。

"嗯——"代助只"嗯"了一声，两人又沉默了好一阵，静听外面的雨声。

"有什么要紧的事吗？"三千代又问。

"嗯，"代助又"嗯"了一声，两人显得都不能像平常那样自由谈吐。代助耻于自己非借助酒力不能畅所欲言。他认为要吐露真情，就必须回到平生的自我中去。可是面对着三千代，哪怕有一口酒也好啊。他想悄悄地到里屋把那瓶威士忌倒一杯端来，然而他又放弃了这个念头。因为他认识到，他必须在光天化日之下，以一种寻常的姿态，向对方公开谈出自己的打算，只有这样才算是真诚的。用醉酒当掩护，为自己壮胆，这显得太卑鄙，太残酷，这是对对方的污辱。他想，对待社会的习惯势力不能采取什么仁义的态度，然而对待三千代，却不能有丝毫的不道德的动机。正因为他爱三千代，所以他没有理由使自己变得卑微和低贱。然而，当三千代问起他的时候，他又不能马上把心事倾吐出来。三千代第二次问他时，他犯起了踌躇，第三次问他，只好推脱道：

"那好吧，以后慢慢给你谈。"说罢，点上了香烟。每当代助拖延不答的时候，三千代的脸色总是显得很不好看。

雨仍然淅淅沥沥地下着，雨点落在各种器物上，响个不停。这连绵的雨天，这哗哗的声响，将他俩和世界隔绝开来，和住在同一所宅院里的门野及女佣隔绝开来，两个人被孤寂地封锁在百合花的香气里。

"这花是刚才外出时买来的。"代助看了看自己的周围。三千代的眼神随着代助向室内环视了一遍，然后她用鼻子猛吸了一口空气。

"我想起了你同你哥哥住在清水镇时的情景，就买了一大束回来。"代助说。

"真香！"三千代凝望着一朵朵怒放的、硕大的花瓣，接着转过脸来望望代助，双颊现出了淡淡的红晕。

"想起那阵子来……"话到半截打住了。

"你还记得？"

"记得。"

"那时候你佩戴着漂亮的衬领，梳着元宝髻呢。"

"那是刚到东京的时候，后来就不啦。"

"上次你送百合花来，还不是梳的元宝髻吗？"

"啊，对啦，那时候特殊呀。"

"当时你很喜欢这种发型吗？"

"可不，真有点入迷呢。"

"我看到那发型，就想起过去来。"

"是吗？"三千代不好意思地应和着。

三千代来到清水镇的时候，已经同代助十分熟悉了。开始，代助曾赞美过她那富有乡下风味的发型。当时三千代听了只是笑，不过打那以后，她再也不梳元宝髻了。两人都还记得这件事。然而，他们谈到这里没有再继续说下去。

三千代的哥哥性格阔达，为人坦率，深得朋友的爱戴，代助更是他的挚友。这位哥哥正因为性情阔达，所以很喜欢这个文静的妹妹。他把她带到城里来，找个地方住下，并非因为自己有教育妹妹的义务，而完全出自对妹妹未来的考虑，一心想使她待在自己的身旁。他在接三千代来东京之前，就向代助祖露过这种想法。当时代助像一般青年那样，怀着极大的好奇心，等待这一计划的实现。

三千代到来之后，哥哥和代助越来越亲密了，代助自己也不清楚究竟是谁把他俩的关系推进了一层。哥哥死后，代助每每回忆起当时的情景，不能不承认，两人亲近的关系中还包含有另一种意思。哥哥到死都没有明确说过，代助也不敢随便说什么。就这样，他们彼此都把自己的心事当作秘密埋藏起来。哥哥生前是否向三千代暗暗透露过，代助也无从知道，他只是对三千代的举止言谈，似乎有着某种特殊的感觉。

代助打那时起，对三千代的哥哥越来越感兴趣了。而三千代的哥哥在这方面倒没有什么显著的变化。谈话一深入下去，他就老老实实地承认听不懂，避开那些多余的议论。那时候，他不知从哪里找了个 arbiter elegantiarum[1] 的词儿，当作诨号，胡乱地加在代助的头上。三千代待在隔壁房里，悄悄地听哥哥和代助两人谈话，到后来也记住了这个词儿。有一次，她问哥哥是什么意思，哥哥告诉了她，她感到非常惊讶。

1　拉丁语，意即"趣味审判者"。

看来哥哥把对妹妹的趣味教育全部委托给代助了。他希望代助多同妹妹接触，以便启发她的思维，使她懂得更多应该懂得的东西。代助也不推辞，以后想一想看，他也有几分主动承担下来的意思。三千代当然十分乐意接受他的指导。三个人不知是有意识还是无意识，结成了三位一体的关系，年年月月持续下来，而且越来越相依为命了。谁知在他们的生活将要达到十分完美的时刻，忽然失掉了一个人。这样一来，就像一座金鼎折断了一只脚，剩下的两只脚再也不能保持平衡了。

代助和三千代畅畅快快地谈起了过去五年的交往。谈着谈着，渐渐脱离了当前的自己，回到了学生时代。两个人的关系又变得像原来那样亲近了。

"那时候，哥哥要是不死，还能健康地活到现在的话，我该多好啊！"三千代对过去非常怀念。

"哥哥要是还活着，你会变成另外一个人吗？"

"我是不会变成另外的人的。你呢？"

"我也一样。"

"哼，你骗人。"三千代显现出羞涩的样子。

"我那时和现在都不会有任何变化。"代助深情地注视着三千代的眼神，须臾不肯离开。三千代立刻把目光移开来，然后像是自言自语地说：

"可你打那个时候起就已经变了呀。"

三千代的声音比平时的谈话更加低沉，代助像追逐影子似的一下子捉住了她的话头：

"不会变的，这只是你的错觉。你这样看，我也没有办法，不过你这是偏见。"

代助比平时更加起劲地为自己辩解。

"偏见也好，什么也好，随你怎么说吧。"三千代的声音越来越小了。

代助默默地看了看三千代的表情。她一开始就低着眉，代助清楚地看到她那长长的睫毛忽闪忽闪地跳动着。

"我的生活中需要你，无论如何都不能没有你。我今天特地找你来，就是为了想告诉你这件事。"

代助的话语里，并没有一般情人们所使用的那种甜美而富有文采的言词，他的音调同他的语言一样简单、朴素，或者说接近于严肃。然而，单单为了这件事，就把三千代叫来，这就像一首儿童诗一般富有情趣。这个女人是能够理解他的这种不同流俗的急切心理的。再说，在世俗小说中表现青年生活的修辞里，找不到多少饶有兴味的语言。代助的话并不能给三千代以任何官能的刺激，这是事实。不过，三千代也不渴求什么，这也是事实。代助的语言超越了官能的作用，立即触及了三千代的内心，泪水从三千代震颤的睫毛间涌流出来，打湿了她的双颊。

"我希望你能答应我，就请答应我吧。"

三千代依然在哭泣，她不能回答代助的问话。她从袖口里掏出手帕捂住了脸。代助只能看到她的一部分浓眉和前额。代助将椅子朝三千代面前靠了靠。

"你会答应我的吧?"代助凑近她的耳边说。

三千代仍然捂着脸，抽抽搭搭地说:

"这用不着啦。"

她的话从手帕里传出来，像电流一般刺激着代助的听觉，代助深切地感到自己的表白实在太迟了。要是赶在三千代嫁给平冈之前就袒露出来该多好。听到三千代泪流涔涔说出这句话，代助实在不堪忍受。

"我应当在三四年之前就向你表白才是。"他只说了这么一句就颓唐地闭上了嘴。

"那时可以不向我表白，不过，你为什么……"三千代忽然拿掉遮在面孔上的手帕，眼睛红扑扑地冲着代助瞧了瞧，"你为什么把我抛弃了？"

说罢，她马上又用手帕捂住脸哭起来。

"都怪我不好，请你原谅。"

代助拉着三千代的腕子，想使她把手帕从脸上挪开，三千代也不违抗，于是，手帕掉落在膝头上。

"你太残酷了。"三千代望着膝头，她声音细微，小巧而丰满的嘴唇颤动了一下。

"说我残酷就算残酷好了，我已经受到了应得的惩罚。"

"为什么？"三千代仰起脸来，闪着奇怪的眼神问。

"你已经结婚三年多了，可我还是单身汉。"

"这是你心甘情愿呀。"

"不是我……，我想娶你又不能娶呀。你不知那阵子家里的人屡次提亲，都被我回绝了，最近又回绝了一个。结果，我同父亲的关系弄得十分紧张。然而不管怎样，我还是一一拒绝了。在你对我抱着报复心理的时候，我只能这样做。"

"报复？"三千代眨巴着眼睛，她对这两个字似乎有些害怕，"我出嫁之后，无时无刻不在希望你也能早日结婚该有多好。"

三千代稍稍改变了语调，可是代助并没有听进去。

"不，我一直希望你向我报复，这是我真正的心愿。今天我找你来，特地向你袒露胸怀，实际上也是打算向你请罪。我的所作所为等于对社会犯下了罪行。我生来就是这样的人，犯罪对于我是自然的事情。我既已在社会上获罪，而能在你面前表示忏悔，就足够使我高兴的了。"

三千代破涕为笑了，然而还是一言不发。代助继续讲下去：

"我知道，今天再来向你谈论这些事未免太残酷了。不过，你听到后愈觉得残酷，愈证明我获得了成功。此外，我不把这些你认为残酷的事儿讲清楚，我就再也不能生活下去。我行我素，只好向你请罪啦。"

"我不觉得残酷，所以也谈不上什么请罪。"

三千代的语调忽地明晰起来，她的情绪虽然有些暗淡，但却显得非常沉静。过了一会儿，她又说：

"要是你能早点对我讲出来……"话刚说了一半，眼泪又止不住向下流。

"要是我这一辈子都不吱声，这对于你是幸福的吗？"代助这时又问。

"不是。"三千代极力否认，"对我来说，如果你不早些讲出来，也许我就活不下去了。"

这回代助笑了。

"这有什么关系？"

"虽然没有什么关系，可也难得。只是……"

"只是对不起平冈，是吗？"

三千代不安地点点头。代助又问：

"三千代，你老实告诉我，你爱平冈吗？"

三千代没有回答，眼看她的面色变得苍白起来，眼和嘴巴都紧紧地闭着。这些都是痛苦的表现。代助又问：

"那么，平冈爱你吗？"

三千代仍旧低眉不语。代助把这个大胆的判断用提问的方式表达出来。这句话刚刚说出口，三千代忽然仰起脸，这张脸已经消去了刚才那种不安和痛苦的神色，连眼泪也干涸了。面颊依然惨白，嘴唇一动不动，半天只漏出一句断续而又低沉的话：

"没办法呀，只好下决心啦。"

代助的脊梁骨像浇了一盆冰水一样打着寒颤。这两个被社会放逐的灵魂，一旦面对面坐下来，就一反常态，总觉得有一股强大的力量把他们联结在一块儿，两个人彼此都对对方的心理洞若观火。

过一会儿，三千代忽然像受到什么冲击似的掩面痛哭起来。代助不忍心看着三千代如此悲伤，支起两只胳膊来，用手掌遮住了前额。他们两人一个抽抽噎噎，一个闷声不响，像一对热恋着的人儿，都被爱情凝结住了。

两人僵持了好大一会儿，似乎半辈子的往事一下子集中到面前来了。于是，他们感到一阵精神紧张。然而，他们没有忘记眼下两人正肩膀挨着肩膀坐在一起，他们同时饱享着爱的酷刑和爱的馈赠。

又过了片刻，三千代掏出手绢揩干净泪水，沉静地说：

"我该回去啦。"

"那就请吧。"代助应道。

雨势小了。代助不想让三千代只身回家，他没有雇车子，自己陪伴她出去了。来到离平冈家不远的江户川桥上，两人才分手。代助站在桥上，一直目送着三千代拐过横街，然后才慢慢回来。

"一切都了结啦。"他心里嘀咕着。

雨直到傍晚才停歇。入夜，云朵不断打空中飞过，月亮像经雨水洗涤过一般皎洁。代助站在廊缘上，久久注视着庭院中湿漉漉的树叶在月光里闪烁。后来，他趿着木屐走了下来。院子本来就不大，又种满了密密麻麻的花木，更没有散步的余地了。代助走到院子正中央，仰望着浩瀚的天空。过一会儿，他又从客厅里拿来百合花撒在自己周围。月光映着粉白的花瓣，十分引人注目，有一些则被树荫遮蔽了。代助悠闲地蹲了下来。

到了就寝时分，他才再次走进客厅。屋里的花香仍然没有消尽。

十五

代助见到三千代，把该说的都说了，比起过去，心情更加平静了。不过，这一切都是他所预料到的，没有什么特别意外的结果。

两人会见的第二天，代助决心把长期在手里摆弄的一张牌打出去。他觉得对于三千代的命运，自己负有不可推卸的责任，或者进一步说，这是自己应当主动承担的责任。因此，他并不感到苦恼，由于肩头上有一种压力，反而觉得能够自然地举步前进了。为了自己开创的命运之路，他准备同父亲决战。父亲后面还有哥哥、嫂嫂，他们的后面还有平冈。对付完这些人，还有一个广大的社会。这是个丝毫不尊重个性自由和人情味的机器一般的社会。在代助看来，这个社会如今一团漆黑，他决心同面前的一切事物进行战斗。

代助对于自己的勇气和胆力感到吃惊。从前，他一直把自己看成是不喜欢热闹，不接近危境，不讲究胜负，既谨慎又庄重的好好先生。在道德上虽然没有严重的卑怯感，但总消除不掉一种胆小怕事的心理。

他是一家通俗的外国杂志的读者，其中有一期刊登着题为《登山事故》的文章，读了使他触目惊心。文中列举了一个攀登高山的冒险家的许多失误，后来在登山途中遇到雪崩而下落不明。四十年之后，他的骨头挂在了冰河的陡壁上。另外还有四个冒险家，当他们跨越耸立的悬崖半坡的大岩石的时候，像猴子一样双脚互相踏着肩膀。最上面的一个人刚刚抓到岩壁，石块崩落下来，腰上的绳子也断了，上面的三个人倒栽葱似的从第四个人身旁坠向无底深谷。文章中每隔几页都附着插图，上面画着像砖墙一样凌厉的山崖，几个稀稀拉拉的人影点缀其间，像蝙蝠一般紧紧贴在峭壁上面。代助看着这些插图，想象着那悬崖旁边空白处就是可怕的万丈深渊，不由得有些头晕目眩起来。

代助明白，在道德范围里，自己现在同这些登攀健儿处在同样的地位。然而一旦身临其境，怯懦的心情就一点也没有了。对他来说，胆怯和犹豫会带来巨大的痛苦。

代助想早一天会见父亲谈个清楚。他怕万一有什么差错，在三千代来访的第二天，他就打电话问安，得到的回答是父亲不在家。过了一天，他又向家里打电话，那边推说父亲有事，不便来接电话，还告诉他，没有家里的通知，自己不必过去。根据父亲的命令，代助极力控制着自己，这期间，哥嫂音信全无。代助一开始就猜测，这是家里人对他采取的策略，尽量给他些时间，让他反复思考。代助自己也平心静气地等待着，一天三餐都吃得很甜，夜里也睡得很香，晴天他有两次还带门野出外散步。但是，家里既不来人也不来信。就像登攀到绝壁中央的冒险家，休息时间过长反而使他不能忍受下去。代助终于下决心，主动到青山去了。哥哥照例不在家，嫂嫂见了代助，觉得有些难为情，对于上次谈到的事只字未提。她问明代助的来意之后，就说到里面看看父亲有没有时间，说完站起身来。梅子的态度像是为了使代助免于受父亲的呵斥，又像是对他有些疏远。代助心烦意乱地等待着，有些摸不着头脑。他一边等待，一边嘴里叨咕着：反正自己就要下决心了。

梅子过了好大一会儿才从里面走出来，她看看代助，怪不好意思地说，今天父亲不太方便。代助只好问何时来最好。看到他那悄声的、有气无力的问话的样子，梅子不禁对代助泛起了同情。她要代助先回去，说最近三两天由她选好日子通知他再来。代助走出二道房门口时，梅子特地送他出来，她提醒着说：

"这回可要好好考虑考虑啦。"

代助没有吱声，走出了大门。

归途中，代助感到十分不快，他一边走，一边沉重地想到，上回会见三千代以后所形成的恬静而甜蜜的心境，几乎都被父亲和哥嫂的冷漠态度破坏了。代助这样推想：他会把全部想法如实地告诉父亲，父亲也会把自己的打算毫无顾忌地向他袒露，然后父子发生冲突，冲突的结果将由自己全部承担下来。父亲的态度会比他设想的更坏，这种态度反映出父亲的人格，它将给代助带来更大的不快。

代助一边走一边想，自己何苦这样急着要见父亲呢？只不过是为了回答父亲过去对自己提出的要求罢了，这当然要在父亲方便的时候了。不过，父亲这样故意回避自己，拖延见面，只能认为是把解决自己的问题的日期向后推迟，以便不了了之。代助对自己的未来大部分都设想好了：在父亲为他指定会面的具体日期之前，他决心不闻不问，一切都听任家里人的安排。

他回到了住处。对于父亲，他只在头脑里留下淡淡的不愉快的影像，然而这影像在最近的将来，颜色肯定会越来越暗淡。此外，在他的面前，命运摆出了两条道路：一是指明了他和三千代今后应该走的方向；一是把他同平冈一道卷入可怕的深渊。代助自从看到了三千代之后，其中的一条已经被舍弃。那么，再去会会三千代吧，尽管他觉得两人分别没有很长时间。然而即使这样，他对两人今后应该怎么办也拿不出更好的主意来。代助对这一点缺少明确的打算。至于他和平冈可能共同遭遇到的未来，也仅仅估计会发生在什么时候或哪些事件上。当然，他也想到了要见机行事，积极加以促进，可是并没有制订什么具体的方案。所有关于不损害别人利益的誓言，全是他针对着平冈讲的。因此，将他和平冈两人结成一体的命运的大河是阴森而可怕的。他只记挂着一件事，那就是如何把三千代从剧烈的风暴中拯救出来。

代助对于周围整个的人类社会，从来没有认真思考过。他认为，社会具有裁判的权利，然而自己的一切行为和举动，只能受到自己天分的支配，此外没有别的道路。他觉得在这一点上，社会同个人之间完全没有调和的余地。

代助站在自己狭小的世界的中央，他观察着，头脑不住思索自己的这个小天地同外界的关系。

"好吧。"他又出了家门，越过两三条街，来到车场，租了一辆外形美观、速度快的车子坐进去。他自己也不知道要到哪里去，胡乱说了几个街名，转了两个小时又回来了。

第二天，他待在书斋里，仍旧同第一天一样，站在自己的那个世界的中心，前前后后地细细回顾了一遍。

"好，"说罢他又走出去了。这回也没有要紧的事，只是信步走走就回来了。

第三天依然如此。不过这回走出家门马上就渡过了江户川，来到三千代家里。三千代不知道在他们之间出了什么事，问道：

"为什么打从上次会面后一直没来过？"

代助看到她那副沉静的态度，十分惊讶。三千代特地把平冈桌边的坐垫推到代助面前，硬让他坐下了。

"你为啥这样心神不定呢？"

谈了一个钟头，代助的头脑才逐渐冷静下来。他想，与其坐在车子上无目的地闲荡，倒不如早些到这里玩玩。哪怕半个钟头也好。

"我还来，没什么，请放心好啦。"代助临走时安慰三千代说。三千代只是微笑了一下。

那天晚上，代助才接到父亲的通知。当时，他正在老妈子的伺候下吃晚饭。代助把饭碗撂在饭盘里，从门野手中接过信一看，上面写着明晨几点几点，父亲在家里等他。

"像官府的文书一样。"代助一边说，一边特地把明信片亮给门野看。

"是青山家里来的吗？"门野仔细瞧了瞧，他没有再说什么，又把信翻转过来。

"到底还是老一代人啊，看这字写得多好！"门野赞扬了一番，放下信走出去了。老妈子从刚才就喋喋不休地数落着历书上的名词儿，什么"壬日""辛日"啦，什么"八月朔""友引"啦，什么"天干地支""黄道吉日"啦，等等，都是一些十分复杂的问题。代助心不在焉地听着。老妈子又提起门野的工作来了，说最好替他找个地方，哪怕每日十五日元工钱也行。代助不知道如何回答她才好，他暗想，自己的前途也将不保，何况门野呢！

一吃罢饭，寺尾就从本乡赶来了。代助望了望门野的面孔，思忖半晌。

"不见他吗？"门野漫不经心地问了一句。

最近一个时期，代助有两三次难得的纪念活动都没有参加，有两次甚至谢绝客人来访。

代助决定见见寺尾。寺尾还像平时那样，两眼布满血丝，似乎在寻求什么。看到他那副表情，代助不忍心像往日一样用话讥笑他了。搞翻译，校改文章，只要活着就埋头干下去，看起来寺尾和自己不一样，他是这个社会的赤子。代助想，自己要是失足，同寺尾处在同样的社会地位，不论干什么是否能够忍耐下去呢？想到这里，他不由得对自己怜悯起来。代助不能用轻蔑的态度对待寺尾，因为他感到要不了多久，自己也会失败，其处境要比寺尾更加严重，似乎这即将发生的事实，明显地摆在他的眼前。

据寺尾说，他这阵子翻译的文章，到了月末好容易才整理完毕。拿到书店一问，对方说条件不成熟，要到秋天才能商量有关出版事宜。眼看自己的劳动未能马上兑换为金钱，在走投无路的时候才找到这里来。代助问他是否没有同书店订好合同就动手了？寺尾回答说完全不是这样，可他又不明确说是书店毁契。总之，寺尾的话很暧昧，不过目前的困难倒是事实。寺尾做事毫无计划，这已经形成了习惯，在道义上看不出他对谁有什么不满。他嘴里虽然不断说着"失敬""请勿见怪"之类的话，可心思完全集中到吃饭问题上来了。

代助看他怪可怜的，当场给了他一些钱。寺尾临走之前透露说，本来他从书店借了一些钱，可是早就花光了。寺尾走了以后，代助心想，这又是一种类型的人，他想快乐地生活，但社会绝不成全他。如今的所谓文坛，虽然需要这样的人，也只能听其自生自灭，让他痛苦地呻吟在今天文坛的那种可悲的境况里。想到这里，代助不由得觉得有些茫然。

那天晚上，代助慎重地考虑了自己的前途，如果父亲在经济上堵塞了供给的路子，自己有没有决心当第二个寺尾呢？要是经营起笔墨来又不能学寺尾那样，他当然只有饿死路旁了。要是不干这份差事，他又有什么能力去寻找别的出路呢？

代助不时地睁开眼睛，望着蚊帐外面的油灯。半夜里，他擦着火柴点上一支香烟。时令虽说不怎么热，可他躺在床上辗转反侧，怎么也睡不好。雨又哗哗地下起来，代助伴着雨声刚要入睡，不觉又被雨声惊醒。正在他半睡半醒的时候，天亮了。

到了规定的时间，代助出门了。他穿着高齿木屐，拎着雨伞，乘上了电车。车上的窗户都关上了，乘客挤得满满的，人们用手紧紧抓住吊环。不一会儿，代助感到一阵气闷，头也重起来了。他想，这可能是由于睡眠不足引起的。代助好不容易伸出手，打开了身后那扇窗户。雨点毫不客气地从领口上吹到帽子上。过了两三分钟，看到旁边的人露出不高兴的神色，他又把玻璃窗关上了。雨珠停留在玻璃上，雨丝微微地歪斜着。代助歪着头，把脸冲着窗外，不住地揉着眼睛。可是不管怎样揉搓，也看不出世界的样子有什么变化，当他透过玻璃遥望远方的时候，仍然是这种感觉。

到弁庆桥换车的时候，人少了，雨也小了。代助可以自由地眺望这个水淋淋的世界了。然而，父亲威严的面孔带着不悦的神色，一直刺激着他的头脑。他想象着父亲会对他说些什么。父亲的话语似乎已经明显地震动了他的耳膜。

进了大门，在未到达里面之前，照例先见到了嫂嫂。

"外面还是阴天吧？"嫂嫂热情地为他献茶，可是代助并不想喝。

"父亲在等我，还是早点过去说话吧。"他站起身来。

"阿代，事到如今，不能叫老人家伤心啊，父亲没有多少活头啦。"

代助从梅子嘴里第一次听到这种阴郁的语言，直觉得像浇了一盆冷水。

父亲面前放着烟丝盒，正低头沉思，听到代助的脚步声，也没有抬头。代助来到父亲跟前，恭恭敬敬地行了礼。除了那副严肃的目光之外，父亲的态度看来格外沉稳。

"下这么大的雨，难为你啦。"父亲抚慰地对他说。

这时代助才发现，父亲的双颊不知打什么时候起骤然消瘦了，已经看不见先前丰满的肌肉，这变化是多么明显！代助不由问道：

"您怎么啦？"

父亲的脸上掠过一丝亲切的笑意，此外再没有表现出让代助担心的模样来。谈了一阵之后，父亲说：

"我已经上了年纪啦。"

父亲的语调同平素完全两样，代助越发懂得了刚才嫂嫂那句话的含意。

父亲向代助透露了这样的意思：因为年迈而健康欠佳，决心于最近退出实业界。但是，目前由于受到日俄战争后工商业迅速发展的反作用，父亲的公司在经营上处于极端不景气的时期，如不坚持渡过这一难关，自己就无法逃脱放弃责任的非难。所以目前只好暂时强忍下去。代助听了父亲详细的叙述，觉得很有道理。

父亲面临着一个普通实业家常有的困难、危险和许多麻烦事儿。作为一个当事人，他内心里感到苦恼、紧张和恐惧。他最后说，别看当地的地主有些土里土气，可是他们的地位要比自己巩固得多。父亲将这种对比作为论据，想极力促成这门婚姻。

"有一门这样的亲戚，要方便多啦！况且现在也很需要。"

父亲这种露骨而带有策略企图的设想，在儿子婚事上表现得越来越使代助吃惊。他一开始虽然就不赞成这样做，但在最后的会面中，看到父亲摘下假面，毫无掩饰地说出真话，反而感到畅快。代助心想，他本人也是完全敢于接受这样的婚事的。

代助对父亲忽然同情起来。看到父亲一心想通过表情和声音来打动自己，不由得对年迈的父亲泛起了同情。代助并不认为这也是父亲的一个策略。他想向父亲表白，自己怎么都行，就按照父亲的想法办好了。

然而，代助既然最后见过三千代，眼下他就很难遵照父亲的旨意来表示他的孝行了。他本来就是一个含含糊糊的人，对于别人的命令，他不会百分之百地接受；同样，对于别人的意见，他也不会公开反对。可以说，代助既有策士的风度，又有优柔的性格。他本人听到这样的评价，也许赞成，也许不得不在肚子里费一番思索。不过，他的这种态度，其中大部分并非故意在要手腕，也不是什么优柔寡断。他长着两只灵活的眼睛，他要对两方面都观察一下，然后决定取舍，这样做较为有利。正因为这样，他过去对待事物的那种一往直前的勇气遭到了挫折，他常常停留在不即不离的状态之中。表面上看他在维持现状，实际上他并非对事物缺乏思考，相反，他是根据明确的判断，满怀信心果断行事的。只有在这个时候，他才正确地了解了自己。对待三千代，就是一个明显的例子。

代助没有想到，自己对三千代祖露的心事，到了父亲面前却连一个字也未吐出来。他打心底里怜悯父亲。要是平常，碰到这种时候，他应该采取什么对策，那是不言而喻的。他只好撤销同三千代的关系，答应这门婚事以便使父亲心满意足。代助从前曾经作过这种调和。不偏不倚，居乎中庸，模棱两可，听凭事情的自然进展，这是容易做到的。但是，现在的代助同往常不一样了。他再也不能超越良知的范围，同不相干的人握手言欢了。他感到自己对三千代负有极为重大的责任。他的信念一半来自头脑的判断，一半来自内心的憧憬。这二者像狂涛巨浪一般支配着他。代助站在父亲面前，同平常比较起来，判若两人了。

代助尽量像平素那样，不多说话。在父亲看来，他同往日没有什么改变。代助反而对父亲的变化十分惊讶。代助推测，父亲近来几次拒绝同他见面，可能是以为儿子会违反自己的意志才故意拖延的吧。他早做好了精神准备，今天见面，父亲准没有好脸面给他，说不定一开头就会遭到训斥。代助想，这样反而倒好，他打算趁着自己对暴怒的父亲的反抗心理，干脆一口把亲事回掉。谁知，父亲的表情，父亲的言语，父亲的主意，所有这一切都出乎他的意料，这反而破坏了他原来的决心。他苦恼着，不过，他仍然决心克服这种暂时的苦恼。

"您所说的都很有道理，不过，我没有勇气答应结婚，所以只好拒绝。"代助终于开口了，父亲只是望了望他的脸。

"要什么勇气呢？"父亲说着把烟袋放在铺席上。代助凝视着膝盖，闷声不响了。

"你不满意她的人品吗？"父亲又问。

代助仍然没有回答。过去，代助有些心事一直未对父亲提起过，所以才能同父亲维持着和平的关系。然而，只有三千代这件事，他一开始就不想瞒着父亲。因为他感到，对于这种即将实现的必然结局，躲躲闪闪是卑怯的，毫无意义的。只不过他觉得尚未到公开说明的时候，所以他只字不提三千代的名字。

"好吧，我全都依着你。"最后，父亲带着痛苦的表情说。

代助心里也不痛快，可是出于无奈，他行了礼，辞别了父亲。这时父亲又叫住他说：

"我已经不能再供养你啦。"

"怎么样啦？"代助回到起居室，梅子急不可待地问。代助没有心思回答她。

十六

　　第二天一觉醒来，代助的耳畔就响起了父亲最后的话语。他思前想后，觉得这句话比父亲平生任何一句话都更有分量。至少自己必须清醒地认识到，父亲对他的供养已经断绝了。代助最可怕的时刻迫近了。他回绝了这门亲事。为了取得父亲的谅解，总不可能拒绝同一切女子结婚。即便终身不娶，那也必须有充分的理由说服父亲才行。对于代助来说，这些都不可能做到。他认为，处理这些触及自己人生哲学要谛的问题时，更不能欺瞒父亲。代助回顾了昨日的会见，感到应该按照自己选择的方向走下去。然而，他又有些畏惧，虽然自己顺乎自然的发展而生活着，但肩膀上又承担着由此产生的一切重压。他仿佛被人推到了悬崖峭壁的边缘上来了。

　　他想，第一步得找到一个职业。可是在他脑子里，"职业"这个词儿显得很抽象，没有什么具体的内容。迄今为止，他对职业从来不感兴趣。所以，考虑起职业来，只能浮光掠影一晃而过，不能深入到事情的内部进行具体的比较。对代助来说，这世界就像五光十色的万花筒，惟有他自己不带有任何色彩。

考虑过所有的职业以后，他的目光又停留在漂泊者的身上。他清清楚楚地看到自己的身影夹杂在一群乞丐之中，又像人又像狗。生活的堕落将会抹消精神的自由，这一点尤其使代助感到痛苦。一旦自己的形体涂满了污秽之后，自己的精神将如何落魄潦倒呢？想到这里，代助不由得打了个寒噤。

自己即使落魄，也要同三千代在一起。从精神上来说，三千代已经不是属于平冈所有了。代助决心至死都要对她承担责任。一个人在他有相当社会地位的时候，往往是不诚实的；当他一旦落魄，又表现出一种亲切的感情。从结果来看，这二者没有什么大的区别。代助虽然觉得至死都对三千代负有责任，但当他没有明确目的的时候，是不会变成事实的。代助像一个害着眼病的患者，有些茫然自失起来。

他又去访问了三千代。三千代像前天一样仪态安详，充满光辉的面孔上闪着微笑，和煦的春风抚弄着她的眉梢。代助心里明白，三千代十分信赖自己，她把一切都给了他，这从她的眼神里可以得到证实。当他注视着她的眼睛时，心里又泛起了无限的爱怜和同情。代助责备自己像个粗鲁的汉子不懂得她的内心。他想好的话没有全部说完就回来了。分手时，他说："有空到我那里去吧。"三千代微笑着点点头，于是代助又感到一阵揪心的痛苦。

以前，代助每当访问三千代，总要选择平冈不在家的时候，这是叫他很不痛快的事。开始他并不在意，最近与其说是不痛快，不如说越来越难为情了。代助老是趁平冈不在的时候来，这会引起女佣人的疑心。代助发现她献茶的时候，总是带着深深的疑惑的目光，叫人有些受不住。然而三千代却装作什么也不知道，至少她的神情是安详的。

对于平冈同三千代的关系，代助当然没有机会详细询问，有时只是三言两语打听一下，三千代也不应声，默默地瞧着代助的脸。仿佛使人觉得，每当她这样望着他的时候，她便自然而然地陶醉于喜悦之中。她在代助面前丝毫不露声色，她似乎并不担心会有什么黑云突然向自己包围过来。三千代本来就是一个神经质的女人，代助觉得她这两天的态度好像在同自己捉迷藏。这说明三千代的处境并不是那样险恶，代助也越发感到自己的责任十分重大。

"你到我那里去一趟，有些话给你讲。"代助同三千代告别的时候，比先前稍稍带着认真的语气说。

代助回到家里，在三千代来访前的两天里，头脑一直没有想出什么新的主意来。他心里深深刻着"职业"这两个大字。摆脱这个念头之后，父亲断绝物资供给的问题又时时搅乱自己的心绪。等到这种思虑刚刚消除，三千代的未来又浮现在脑际。代助的心里时时卷起不安的旋风。以上三件事轮番在他眼前旋转，结果，周围的一切也跟着旋转起来。仿佛坐在颠簸起伏的船上一般，最后，依然沉沦在这个天旋地转的世界里。

青山家里杳无信息，代助当然也不着急，他每天只顾同门野天南海北地闲聊。这样的大热天，门野也没有多少事做，就高高兴兴地陪伴着代助，尽拣他爱听的说。等两人谈够了，门野就说：

"先生，下一盘象棋好吗？"

晚上，两人赤着脚，拎着水桶在院子里洒水。水一桶桶地倒在地上，到处湿漉漉的。门野提起水桶向旁边的梧桐树泼去，他刚刚兜起桶底，叫了声"瞧我的"，脚下一滑，坐到泥地上。白粉草在墙根边开着花朵儿，水缸后边荫凉地里的秋海棠，叶子又肥又大。梅雨渐渐过去了，白天，空中堆满朵朵白云，太阳从广阔的天际火辣辣地照射下来，把炎热带给了大地。

入夜，代助一直眺望着头上的星星，直到早晨才进入书斋。有两三天，一大早就能听到蝉鸣。代助好几次走到浴室，用冷水冰冰脑袋。

"现在真热呀！"门野瞅准了空子，连忙走进来说。

这两天，代助就是这样仰望着天空度过来的。第三天中午，他从书斋里瞅着明晃晃的天空，嗅了嗅太阳喷吐出来的火一般的暑气，感到一阵恐怖。他想到，自己的身心正在承受着酷热的气候所引起的无穷无尽的变化。

三千代按照前几天的约定，冒着盛暑来了。代助一听到女人的声音，就忙不迭跑出了大门。三千代合上伞，手里拎着小包裹，站在格子门外。看来，她是穿着随身的便服出门的。朴素的白底单层和服的袖口，露出一角手帕来。代助一眼看到她的风姿，似乎感到，命运已经把三千代的未来摆脱掉，故意为难地捧到了他的面前。

"看起来，倒像一副出奔的样子。"代助不由得笑道。

"要是不趁着买东西之便，我还不好来呢。"

三千代沉静而认真地回答，说罢，跟着代助走进院子。代助立刻拿出了扇子。也许由于太阳照晒的缘故吧，三千代的双颊红润润的，平时那种疲倦的表情再也看不到了，眼睛里闪耀着青春的光芒。代助被这个女人美丽的姿色陶醉了，他暂时忘掉了一切。然而，当他想到正是自己在暗暗消磨着三千代青春年华的时候，不由得悲从中来。他还想到今天把她找来，也一定会给她美丽的心灵罩上一层乌云的。

代助几次想袒露自己的心事，但一时又犯了犹豫。因为当着这位幸福的年轻妇女的面，说些使她不顺心的话，这在代助看来，是非常不道德的事。如果他心里没有对三千代的一片热诚在怂恿自己，他也许不会把以后的事情向她表白，而只是站在这同一间屋子里，把那次谈过的话再重复一遍，沉浸在单纯的爱情的欢乐里，将一切完全抛开。

"后来你同平冈的关系没有什么变化吗？"代助终于硬着头皮问。

三千代虽然经代助这样一问，她依旧充满幸福感。

"有变化又有什么关系？"

"你还像从前那样相信我吗？"

"要是不相信，我哪能这样待下去呀？"

代助眺望着明镜般辽阔的天空，火热的阳光使他目眩。

"我不值得你这般信任。"他苦笑着回答，心里像揣着一团火。然而，三千代对他的话似乎并不介意，她没有问他为什么。

"啊，"三千代只是简单地应了一声，显得有些惊讶。这回代助倒认真起来。

"我向你坦白，说实在的，我并不比平冈君更可靠。我怕你上当受骗，全都告诉你吧。"代助开头先说了这样几句，接着就把自己和父亲过去的关系，详详细细叙述了一遍。

"我将来的身份还不知道是个什么样，但至少在当前还不能自立，连一半的自立都做不到，因此……"代助说到这里噎住了。

"因此什么？"

"因此，我总担心对你能不能尽到我的全部责任。"

"责任？什么责任？你不说清楚我是听不明白的。"

代助平常只把物质生活状况放在第一位，光知道贫苦不能使自己所爱的人得到满足，所以他感到对三千代的一个责任，就是在金钱上资助她。此外，他心目中再没有其他明确的观念。

"这不是道德上的责任，而是物质上的责任。"

"我并不指望你这个。"

"虽说不指望，但这是绝不可少的。将来我同你的关系不管发展到何种程度，我都要承担你半数的物质上的需求。"

"你在物质上资助也罢，不资助也罢，现在光考虑这些又有什么用呢？"

"嘴上虽然这样说，可一旦碰到困难，自然就要受苦的。"

三千代的神色有些改变了。

"刚才听了你父亲的话，我以为事情本来就会这样的。我想你早就该明白这个道理。"

代助没有吱声，他抱着脑袋自言自语起来：

"头脑有些反常哩。"

"如果你想到了这些，就不要为我操心了。你同父亲言归于好，我们还像从前一样保持关系，不好吗？"三千代抽抽噎噎地说。

代助蓦地握住三千代的腕子，用力摇动着：

"如果你有这种想法，我本来不该担心的。只是我感到对不起你，我向你道歉。"

"还道什么歉呢。"三千代震颤着声音打断他，"这些都是我造成的，我必须向你道歉才是。"

三千代哭出声来。

"那么，你就这样忍下去吗？"代助抚慰地问。

"我当然不能忍下去了。"

"将来还会有变化的。"

"有的我已经知道，不管出现什么变化都不怕。最近，最近我已经下了决心，万一碰到什么事，我就一死了之。"

代助不由得打了个寒噤。

"你将来究竟希望些什么呢？"

"我没有什么希望，一切都听你的。"

"出逃吧。"

"出逃也行，叫我死我就死。"

代助又是一个寒噤。

"就这样下去呢？"

"就这样下去也行。"

"平冈君一点都不知道吗？"

"他也许有所觉察，可是我早就横下一条心了，准备随时被他杀死。"

"看你说的，又是寻死，又是被杀，哪有这般容易的事？"

"即便放着我不管，我可不是能够无忧无虑活下去的人哪。"

代助身子一震，他悚然瞟了三千代一眼。三千代歇斯底里大发作，她无所顾忌地失声痛哭起来。

过一会儿，发作逐渐停止了。而后，她又像原来一样，变成了一位娴雅、美丽的女性，眼眉一带显得特别舒展、明朗。

"我可以单独去见平冈，要求他解决这个问题吗？"代助这时问道。

"这样行吗？"三千代显出吃惊的样子。

"我想是可以的。"代助满有把握地回答。

"好吧，我随你的便。"三千代说。

"就这样办，咱们两个总不好欺骗平冈君，我当然要好好跟他说，让他承认这个事实。而且，我将向他诚心谢罪，请他原谅我的过错，结果也许不会如愿以偿。但是，不管出现什么差错，都不至于闹出乱子来。这样悬在空中，你我都感到痛苦，对平冈君也不利。我下决心这样做了，也许你会觉得对不起平冈君，没有脸面再去见他。不过，最觉得没有脸面的还是我。在自己的所作所为上，尽管觉得对人不起，也应负起道义上的责任来。所以，尽管得不到任何利益，我都必须把咱俩的事告诉平冈君。此外，我有必要坦白地征求他的意见，这关系到今后如何处置这件事情。"

"我理解您的心情，如若出了什么差错，我打算一死了之。"

"死？即使死又能说明什么呢？况且，有了这种危险，我怎好再向平冈君说明真相呢？"

三千代又恸哭起来。

"好吧，我要好好悔过。"

太阳西斜的时候，代助叫三千代回去了。他没有像以前那样送她。他待在书斋里，足足听了一个小时的蝉鸣。见到了三千代，打开了今后生活的道路，他感到心情十分轻松。代助拿起笔给平冈写信，打算约他见面；可是，又忽然意识到事关重大，刚写了开头"敬启"两个字，就没有勇气写下去了。他蓦地穿上衬衣，光着脚跑到院子里。三千代回去的时候，门野正蒙头睡午觉，这时他两手抱着光头，出现在廊子上。

"天还早哩，要挨太阳晒的呀！"

代助没有应声，钻进庭院的角落里，把落在地上的竹叶向前扫了扫。门野也只好脱掉和服走下台阶。

院落虽然狭小，地面都干裂了，用水浇透，要费好大的工夫。代助说膀子有些痛，胡乱擦了擦脚就上了台阶，坐在廊缘休息，抽烟。

"先生的心跳又加快了吧？"

门野看到他那副模样，在下面打趣说。

晚上，代助领着门野到神乐坂的善国寺赶庙会，买回两三盆秋草，摆在屋檐下的露水地里。夜空高爽，繁密的星星发出灿烂的光芒。

这天夜晚，代助特地没有关上雨窗就睡了。他一点也不担心这样会有什么危险。他熄灭油灯，独自躺在黑洞洞的蚊帐里，窥伺着外面的夜空。白天里的事又鲜明地浮现在脑海里。他想到再有两三天的时间，事情就可以解决了，心不由得怦怦直跳。于是，他不知不觉地沉迷在巨大的空间和浩渺的梦境里。

第二天早晨，代助决定给平冈写信。"我有一些话要对你说，请告诉我你几时有空，我这里什么时候都是可以的。"他只写了这几行字，就小心地装进信封，抹上糨糊，封好，贴上红色的三分钱的邮票。这时他越发感到，自己好像是在最危机的当儿买下了一张股票。他嘱托门野把这个命运的使者投到信筒里。当代助把信交给门野的时候，手微微震颤着。门野接过信以后，代助反而茫然自失起来。想起三年前，自己站在三千代和平冈之间，极力为他们斡旋的情景，简直像做了一场梦。

第二天，代助一整天都在巴望着平冈的回音，第三天也一直守在家里。三天、四天过去了，可是平冈那边一点消息也没有。每月一次到青山家里要钱的日子到了。代助的手头很拮据，打从上次见过父亲以后，他决心再也不要家中的补贴了，眼下怎么好向家里要呢。卖点书籍和衣物也可以混过两三个月去，所以他心里安之若素。他想，等事情有了着落之后再慢慢寻找职业。常言说，车到山前必有路嘛，自己虽然尚未体验到这些道理，可是内心却是深信不疑的。

到了第五天，代助冒着酷暑乘电车到平冈的报社一看，才知道平冈有两三天没来上班了。代助走到门外，抬头仰望着编辑部沾满薄薄灰尘的窗户，刚想迈步，又忽然想起应该打个电话证实一下。他甚至怀疑上次那封信是否送到了平冈的手里。那信是代助特地发向报社里来的。回家的路上，代助绕到神田，告诉收购旧书的书店，说自己家里有些用不着的书籍要卖，请他们来看看。

当天晚上，代助再没有力气洒水了，他两眼呆呆地望着门野那副穿着白色浴衣的身影。

"先生今天累了吧？"门野把水桶弄得哗啦哗啦响，问道。

代助的胸中压抑着不安的情绪，他没有明确回答。吃晚饭的时候，一点没有品出饭菜的香味，只是三口并作两口吞下肚了事。然后放下筷子，招呼门野：

"你到平冈那里跑一趟，问问他先前那封信收到了没有。如果收到了，请他回个信。你看他说些什么。"

代助怕门野没有领会他的意思，又叮嘱门野说，上次的信是发往报社去的。

打发走门野之后，代助来到廊缘，坐在椅子上。门野回来一看，他早已吹熄了油灯，一个人凝神坐在黑暗之中。

"我回来了。"门野摸索着打了个招呼，"平冈先生在家，他说信收到了，明天早晨来一趟。"

"是吗？难为你啦。"代助答道。

"他还说本该早些来的，只因家里有了病人，所以才晚了。他说请您包涵。"

"病人？"代助不由得反问了一句。

"嗯，好像是他的夫人。"

门野站在黑暗里回答。他那穿着白色浴衣的身影模模糊糊地映入代助的眼帘。夜里的光线照不清两个人的面孔。代助坐在藤椅里，两手紧紧握住椅子的扶手。

"病得厉害吗？"

"究竟怎么样，我不十分清楚，看来病情不算轻。不过平冈先生明天既然能到这里来，夫人的病也许不要紧的吧。"

代助稍稍放宽了心。

"是什么病来着？"

"我忘记问了。"

两人的谈话就此结束。门野沿着黑暗的走廊回到自己屋里。代助静静地倾听了片刻，不一会儿，响起了灯伞和玻璃罩撞击的声音，门野已经点上了油灯。

代助仍然呆呆地坐在夜色里，他一边坐着，一边感到心神不宁。握着椅子扶手的两只手出汗了。代助又拍拍手掌召唤门野。于是，门野穿着那件白色浴衣，隐隐约约从走廊的一头走过来。

"怎么还坐在暗的地方，要点灯吗？"

代助不是叫门野来点灯的，他又一次打听起三千代的病情来。他问有没有护士陪着，平冈的近况怎么样，不到报社上班是因为爱人生病还是别的什么原因。凡是想到的他都问了。门野只能把先前的答话再重复一遍，要不就好歹敷衍几句。就这样，对代助来说，总比一个人闷坐着要好得多。

临睡前，门野从信箱里取出一封夜间投递的信件。代助从黑暗中接过来拿在手里，看都不想看一眼。

"好像是府上来的，我去端油灯。"门野催促道。

代助这才叫门野把油灯拿进书斋，就着光亮拆开信封。这是梅子写给他的一封长信：

　　前一阵子因为娶亲的事，想必把你折腾得够苦了吧？家里父亲、哥哥和我都在为你操心。可遗憾的是，上次你到家里来，没好气地断然拒绝了父亲，看到这个情形，我也只好死心了。当时父亲很生气，说你的事他不再管了，由你自便。后来，我也明白父亲为啥这样恼怒。我想，你从此再不回家也是这个缘故吧。我琢磨着，到了每月领钱的日子你总是要来的，可一直不见你的面，我这才担心起来。父亲说："甭管他！"哥哥还是那般平心静气地说："他要是等钱花，会来取的，到时候叫他向父亲赔不是就是了。如果他不来，我就去好好数数落他。"关于结婚的事，我们爷儿三个都断了心念，所以不会再给你惹麻烦了。当然，父亲余怒未消，依我看，仍然照过去那套办法，恐怕很困难，细想想，你不回家反而倒好些。叫人担心的是每月的钱怎么交给你。我想，你不会因为这钱关系到自己的生活而急着要取回去。我仿佛亲眼看见你已经陷入困境，感到十分难受。所以，我打算按月给你寄来，你将这些钱收下，并坚持到下一个月。这期间，父亲的心情会渐渐变好的。哥哥打算为你讲讲情，碰到好时机，我也从旁说和说和，所以还是请你忍耐一些时日吧。……

后面还有好长一段，女人家总爱唠叨个没完。代助抽出夹在里面的支票，又把信读了一遍，然后小心翼翼地把它叠好装进信封。他对嫂嫂再度表示了无言的感谢。末尾"梅子"两个字虽然写得不够雅观，但整封信都是按照代助的劝告，采用了言文一致的白话体。

代助痴痴地望着放在油灯前面的信封，想起自己平淡的生命又延长了一个月。他想，自己有必要迟早改弦更张。对他来说，嫂嫂的一片心肠很是难得，可也会消磨自己的意志。然而，在同平冈摊牌之前，代助并没有心思靠劳动去挣面包，因此，嫂嫂的礼物对他来说，如同粮食一样宝贵。

这天晚上，代助在钻进蚊帐前又一口吹熄了油灯。挡雨窗本来是门野关的，他也不说一声是否出了故障，就那么放着。

透过玻璃，可以看见外面的天空。打从昨天晚上起，天阴了下来。代助走到廊缘边，仰头窥视了一下空中，看看是否还是阴天。忽然，一道光亮从空中划了过去，代助卷起蚊帐又钻了进来。他睡不着觉，一个劲儿忽喇忽喇打着团扇。

家里的事不再想它了，职业也只好听之任之，代助从此放宽了心胸。惟独三千代的病情给他的精神造成了巨大的苦恼。她生的什么病？结果会怎么样呢？他还设想着同平冈见面时会出现什么情景，这同样刺激着他的心。平冈捎来口信，说明天早晨九点趁着天气不太热的时候前来会面。代助当然不是一个平庸的男子，只从形式上考虑见了平冈该说哪些客套话。他已经琢磨好了，事情要从哪里谈起，至于说话的顺序，那要看双方的进展而定。这一点他丝毫也不担心。他只揣度着如何更加稳妥地向对方彻底袒露自己的心曲。他极力抑制过度的兴奋，希图有个安静的夜晚。然而，当他合上眼皮想好好睡上一觉的时候，谁知眼睛又偏偏睁开来，整夜都未能安眠。不觉之间夏夜已经过去，天放亮了。代助耐不住，一骨碌爬起来，赤着脚跑进庭院，尽情地蹚着冰凉的露水。然后回到廊子上，靠在藤椅里，头脑昏昏沉沉地等待着日出。

门野揉着惺忪的睡眼，走过来打开挡雨窗的时候，代助才一下子从假寐中惊醒。这时，半个世界已被鲜红的太阳照亮了。

"起得真早啊！"门野惊讶地说道。

代助立即到浴室洗澡去了，早饭也没有吃，只喝了一杯红茶。翻翻报纸，几乎不知道上面刊登了些什么，读了后头忘了前头，最后连一点印象也没有了。他只是惦记着表针，再有两个小时，平冈就来了。代助不知如何熬过这段时间。他不想呆呆地闲坐着，但又没有心思做点什么。他恨不得呼呼睡上两小时，等一觉醒过来平冈就站在他面前了。

最后，他想起有件事情要做，这时放在桌子上的梅子的那封信忽然映入眼帘。"对啦！"代助强打精神坐到桌边，给嫂嫂写信表示感谢。他打算尽量写得客气一些。代助写完之后，装进信封，标明地址，一看表，仅仅用了十五分钟。他坐在椅子上，眼睛不安地望着空中，头脑里好像在努力搜索着什么。忽然，他蓦地站了起来。

"平冈要是来了，就说我马上回来，请他稍等一下。"

代助对门野说完就走出了大门。强烈的阳光从正面火辣辣地照晒着他的面孔。代助一边走一边不停地闪动着眼睛和眉毛。他走进牛込城门，穿过饭田桥，经过九段坡下面，来到那家旧书店。

"昨天曾经打过招呼，说有些不要的书请你们前去收购，后来想想还多少有些用处，请作罢吧。"

代助回来的时候，因为天气太热，他乘上电车，绕到饭田桥，从那里斜穿过卸货码头，来到毗沙门前面。

家门口停着一辆人力车，房前放着一双鞋，不等门野说明，代助就知道是平冈来了。他擦了擦汗，换上刚洗过的单衣，来到客厅。

"啊，我来啦！"平冈依然身穿洋服，扇着扇子，似乎热得有点难以忍耐。

"大热天特地赶来……"代助只好先说几句客套话。

两人先是闲聊了一会儿，代助本想一上来就打听三千代的情况，但一时觉得难于开口。一阵寒暄过后，再由邀请一方开口说出，就显得顺当多了。

"听说三千代病啦？"

"嗯，所以我请了两三天假，后来连信也忘记给你回啦。"

"这倒无碍的，三千代的病情严重吗？"

平冈找不出一句合适的话作肯定的答复，听了他的叙述，虽然用不着作种种担心，可也决不意味着病情很轻。

上次，三千代冒着盛暑到神乐坂买东西，顺便绕道来看代助。第二天一早，她正为平冈准备上班用的东西，手里拿着丈夫的领带，突然昏了过去。平冈吃了一惊，他顾不得收拾，忙不迭照料起三千代来。过了十分钟，三千代说自己不要紧的，叫他去上班。说着，嘴角还显现出笑意。躺到床上，看样子也挺叫人放心。平冈吩咐她说，万一有什么不好，就去请医生，必要时向报社给他打电话，交代好之后就上班去了。当晚平冈很迟才回来。三千代说心绪不好就先睡了，问她想些什么，她也不作明白的答复。第二天早晨起来一看，三千代的脸色十分难看。平冈慌忙请来了医生。医生听过她的心跳之后，皱起了眉头，说昏倒是由于贫血造成的，还提醒三千代，她已经得了严重的神经衰弱症。从那天起，平冈不到报社去了，三千代劝平冈，说自己不要紧的，叫他去上班。平冈不听。平冈看护妻子的第二个晚上，三千代流着眼泪劝丈夫到代助那里去一趟，说有一件事务必请平冈给予谅解，听代助一说就会明白的。起初，平冈听了三千代的话未放在心上。他想，三千代的精神可能有些失常，劝她安安稳稳着实休息些时候。谁知第三天，三千代又重复说了一遍，平冈这才从她的话里听出了另外一种意思。到了晚上，门野特地跑到小石川来，询问他是否打算给代助写回信。

"你今天找我，同三千代讲过的那件事有关系吗？"平冈莫名其妙地望着代助。

平冈的话一上来就深深打动了代助的心。经他这样突然一问，代助顿时说不出话来。在代助看来，平冈的话既坦率，又真诚。代助微微红着脸，低下头来，这在他是很少有的。然而，当他再次抬起头来的时候，又恢复了平生所具有的那种雍容大方的态度。

"三千代要请你原谅的事，同我要给你诉说的事，也许有着很大的关系，说不定就是同一件事。我无论如何要向你讲清楚，因为我有义务告诉你。请你看在多年友谊的份上，高高兴兴地让我尽了自己的义务吧。"

"什么事？这样一本正经……"平冈的表情也严肃起来。

"不，我不想寒暄过后就一个劲儿为自己开脱，我尽量直率地谈出来。因为事关重大，习惯上也许会引起人们厌恶的心理。你如果中途打断我，那将十分难堪。所以，还是务必请你让我把话说完为好。"

"啊，究竟是怎么一回事呀？"

平冈十分好奇，神情也显得越来越严肃了。

"好吧，等我把话都说完，我一定认真地再听你讲下去。"

平冈闷声不响了，他只是睁大了眼睛，从眼镜片后面盯着代助的脸。火热的太阳一直照到走廊上，两人几乎把炎热置之度外了。

代助把声音压得很低，他详细讲述了自从平冈夫妇到东京以后直到今天，自己同三千代的关系发生了怎样的变化。平冈紧紧咬着嘴唇，一字一句倾听代助说下去。代助整整用了一个小时才把话说完。其间，平冈作了四次极简单的提问。

"大体的经过就是这样。"

代助结束自己谈话的时候，平冈深深叹了一口气，权作回答。这时，代助感到非常难过。

"在你看来，我背叛了你，太不够朋友了吧？你要是这么想，我也毫无办法。我做了对不起你的事。"

"你认为自己干了一件不好的事吗？"

"当然啰。"

"明知道不好却又一直保持到今天，对吗？"平冈又重复了一句，语气比先前稍微激烈了。

"是的，因此我打算痛痛快快接受你对我的制裁。刚才我只是把事实原原本本地谈出来，作为你处罚我的一部分材料。"

平冈没有回答，过一会儿，他把脸凑到代助眼前问：

"你认为我被损害的荣誉还有办法挽回吗？"

代助这次也没有回答。

"什么法律和社会的制裁，在我这里一概不予考虑。"平冈又说。

"这么说，你是问在当事者范围内有没有恢复名誉的办法吗？"

"是这个意思。"

"叫三千代回心转意，比原先更加几倍地爱你，而对我像对蛇蝎一般地憎恶。要是这样，你就可以得到几分补偿了，是吗？"

"凭你能做到这一点吗？"

"不能。"代助断然地说。

"那么，你是不是采取了这样的方针：你明知干了坏事，又任其发展下去，从此越来越严重，以至于走入了极端。"

"这也许是一种矛盾，世间人为规定的夫妻关系同自然形成的夫妻关系不一致，因此不可避免地产生了矛盾。你是三千代世间人为规定的丈夫，我向你请罪。然而，我认为，我的一切行为的本身，并没有任何矛盾可言。"

"好吧，"平冈稍稍提高了嗓门，"我们两个是一个看法，世间人为规定的夫妻关系不能结合在一起。"

代助带着既同情又怜悯的目光望着平冈。平冈紧蹙的眉头有些舒展了。

"平冈君，从整个社会来说，这是关系到男人脸面的大事，因此，为了维护自己的权利——即使你不想有意维护它，内心里也会常常想到它，这是自然的，不得已的。——你还是像学生时代一样，权当没有发生这回事。你再听我说下去好吗？"

平冈没有吭声。代助稍微停了一下，猛吸了一口烟，壮起胆子沉静地说：

"你并不爱三千代。"

"这个……"

"这当然是多余的话，但我必须这样说。我想，这件事之所以能顺利解决，不就凭着这一点吗？"

"你就没有责任吗？"

"我爱三千代。"

"你有什么权利爱别人的妻子呢？"

"没办法，三千代固然是属于你的，但她不是物而是人，谁都不能全部占有她的一颗心。除了她自己之外，谁也无法命令她爱什么人或不爱什么人，即使她的丈夫也无权做到这一点。相反，作为丈夫，他的义务是不把妻子的爱情转移给别人。"

"我没有像你希望的那样爱三千代，这是事实。可是尽管如此……"

平冈极力控制着自己，他紧紧攥着拳头。代助等待他把话说完。

"你还记得三年前的事吧？"平冈转换了话题。

"三年前，你同三千代结婚的时候？"

"是的，你还能想起当时的情景来吗？"

代助的思想立即回到三年前去了，当年的事情十分鲜明地浮现在眼前。

"是你劝说三千代嫁给我的。"

"是你自己告诉我想娶她的。"

"这个我当然没有忘记，至今我仍然感谢你的厚意。"

平冈说罢，暂时陷入了冥想之中。

"那天晚上，我们两个穿过上野走到山谷里，刚下过雨，山间的道路泥泞难行。我们从博物馆前边走边谈，一直走到那座桥上，当时你还为我流了眼泪。"

代助沉默不语。

"那时候我才切实感到朋友的可贵，当晚我因为兴奋，整夜都不感到困倦。这是一个月明之夜，等到月亮下去了，我还没有睡呢。"

"我那时也很高兴。"

代助像在梦幻里一般，平冈一下子打断了他的话。

"那时你为啥为我哭泣？为啥立誓要说服三千代嫁给我？

今天既然会发生这等事，当初你为啥不加以拒绝，撒手不管呢？我并没有做过对不起你的坏事，致使你如此仇恨我呀！"

平冈颤抖着声音说。代助苍白的额角上渗出了汗珠，他有些不平地辩解道：

"平冈，我比你更早地爱着三千代呢！"

平冈茫然地望着代助痛苦的表情。

"当时的我不同于现在的我，那次听你一说，我就想，即使牺牲自己的未来也要满足你的愿望，这是朋友的本分。这样做很不好，头脑如果能像现在一样成熟，还会仔细考虑一阵的。都怪我当时年轻，太轻视自然规律了。每逢想起那个时候的事，我就非常后悔。这不是为我自己，实际是为你后悔。我感到真正对不起你的不光是今天发生的事，更主要的是当时那颗考虑不周的侠义之心。你原谅我吧，向我报复吧，我把手伸到你的面前，请你宽恕。"

代助的泪水洒落到膝头，平冈的眼镜也模糊了。

"这都是命运的安排，没有办法。"

平冈发出了呻吟一般的声音，两个人互相对望了好一阵。

"说说你今后的打算吧。"

"我是在你面前请求宽恕的人，没有权利先说这样的话，应当先听听你的想法才是。"代助说道。

"我什么也没有考虑。"平冈抱着脑袋说。

"那我先说吧，你能把三千代给我吗？"代助果断地迸出了这么一句。

平冈双手放开了脑袋，胳膊肘儿像棍棒一样瘫倒在桌面上。

"好，给你，"没等代助吱声，他又重复着，"给你，给你! 可现在不成。正像你推测的，我也许不那么爱三千代，可也不怎么恨她。眼下三千代正病着，而且病得不算轻。我不想把一个卧床不起的病人推给你。在她的病尚未痊愈之前，我不能交给你，这时我还是她的丈夫，我有责任照料她。"

"我请你宽恕，三千代也请你宽恕。在你眼里，我们两个都是行为不检的人，不管如何请罪，你都不会原谅我们的。反正她现在已经抱病在床了。"

"这个我懂，你以为我会趁她病重期间任意虐待她吗？我绝对不会这样做的。"

代助相信平冈的话，打心里感谢平冈。

"今天既然发生了这种事情，作为她的世间人为规定的丈夫，我不能再同你交往下去了，从今以后，咱们绝交吧。"平冈接着说。

"也只好这样了。"代助垂下了脑袋。

"刚才说了，三千代病得不轻，今后说不定会有什么变化，你也很担心吧。不过，我们既然已经绝交，就只好这么办啦，不管我在不在，都请你不要再到我家里去。"

"知道啦。"代助翘趄着身子说。他的面颊越发惨白了。

平冈站起身来。

"你再多坐五分钟。"

代助请求道。平冈又坐下来，一言未发。

"三千代的病情会有什么危险吗？"

"这个……"

"你就直说吧。"

"这个，你不必担心。"

平冈语调低沉，他冲着地面叹了口气。代助再也憋不住了。

"要是万一有个三长两短，在那之前，请让我见她一面，哪怕只一次也好。别的再不求你了，就这一件事，希望你务必答应我的要求。"

平冈闭口不语，他一时回答不出来。代助痛苦异常，不知怎么才好，他一个劲儿搓着手掌。

"到时候再说吧。"平冈沉重地说。

"那么，我可以时常来询问病情吗？"

"这不好吧，我和你已经没有任何关系了。将来咱俩的交往，也只限于把三千代送给你那一次了。"

代助像触电一般从椅子上跳起来：

"啊，我懂啦！你打算只让我看到三千代的尸首。这太苛刻，太残酷啦！"

代助绕过桌子，走近平冈。他用右手抓住平冈穿着西服的肩膀，前后摇了摇。

"太苛刻，太残酷啦！"他发狂般地吼道。

平冈看到代助眼里露出可怕的光芒，不断晃动着自己的肩膀，他站了起来。

"哪有这么回事？"他说着按住代助的手，两人像着了魔似的互相对峙着。

"你要冷静。"平冈说。

"我现在很冷静。"代助回答。这话是他在痛苦的喘息中说出来的。

过了一会儿，发作过去了。代助像一个力气全都用尽的人，他失去了支撑瘫倒在椅子上，双手捂住了面孔。

十七

夜里十点钟过后，代助悄悄走出了家门。

"这么晚还到哪儿去？"门野吃惊地问。

"出去走走。"

代助含含糊糊应了一声，就走上了寺町的大街。因为是炎热的季节，街上才刚黑天，几个穿着夏衣的人从代助前后走过。代助只看到他们在动。左右的店铺灯火通明。代助有些目眩，他拐进了一条电灯稀少的胡同。他来到江户川河畔，夜风微微吹拂着，黑黝黝的樱树叶子不停地闪动。桥上站着两个人，凭栏向下俯视着什么。代助来到金刚寺坂，没有看见一个人影，岩崎公馆[1]的高大石墙从两边压挤过来，中间只有一条细细的小道。

1　实业家岩崎弥之助的宅邸。

平冈住的那条街更为僻静，好多人家都看不到灯光。对面驶过来一辆空车，车轮的响声令人胆战心惊。代助来到平冈家的围墙边停住了，俯身向里一瞧，里面黑漆漆的，吊在门口的路灯，寂寞地照射着门牌。路灯的玻璃罩上，歪歪斜斜映出了一只壁虎的影子。

今天早晨，代助到这里来过，从中午起就在街头徘徊。他想趁女佣出外买东西的时候，抓住她打听一下三千代的病情。可是女佣一直没有出门，也不见平冈的面。他把耳朵贴在墙上仔细倾听，也听不到谈话声。他想拉住医生详细询问，可是平冈家门口没有停过一辆医生的车子。那阵子，他的脑袋被强烈的阳光照射着，像海水一般不停地翻腾。留在那里吧，身子再也站不住了；走一走吧，整个大地都在旋转。代助强忍着痛苦，像爬一样回到了家中。他连晚饭也没有吃，躺在床上一动不动。可怕的太阳已经慢慢下山，夜空渐渐布满了繁密的星光。代助在黑暗与凉意里清醒过来了，于是，他又顶着夜露向三千代家里走来。

代助在三千代家门前来回踱了两三趟，每次走到路灯下面，都停住脚仔细倾听一下，痴痴地站上五分钟到十分钟。里面一片寂静，什么情况也不知道。

代助每次踱到路灯下边停下来的时候，都看到那只壁虎紧贴在玻璃罩上，灯光斜映着它那黑色的身影，一动不动。

代助每当看到这只壁虎，胸中就涌起厌恶的情绪，那纹丝不动的样子始终印在他的心里。于是，敏感之余，他的思想陷入迷信中去了。他想，三千代可能很危险，她正在苦痛中熬煎呢。他想象着三千代也许快要死了，她临死之前，很想再见自

235

己一面，所以才挣扎着活下来的吧。代助握紧拳头，他想砸破平冈家的大门。这时，他忽然意识到自己没有权利触动平冈家里人的一根汗毛。代助在恐怖之余跑了起来，他的脚步在宁静的小路上踏得山响。代助一边跑，一边感到恐惧，当脚步慢下来的时候，他已经喘不出气了。

路旁有一段石阶，代助意识朦胧地一屁股坐下来，用手按住额角，再也不动了。过一会儿睁开眼一看，面前有一面黑漆大门，门上方一棵大松树，将枝条伸展到绿色屏障的外边。代助休息的地方，原来是寺院的山门。

他站起来，又惆怅地迈动着脚步，走了一阵，又折回通往平冈家的小路。他懵懵懂懂地站在路灯下面，那只壁虎依然停在原来的地方。代助深深吐了口气，随后沿着小石川向南面走去。

当天晚上，代助的头脑好像在火一般炽热的旋风里转个不停。他拼命挣扎着，想从旋风里摆脱出来，可是他的头脑丝毫不听他的命令，像树叶一般被火焰般的暴风卷裹着，一个劲儿地飞旋不息。

第二天，酷热的太阳又升得老高了。屋外到处闪耀着明晃晃的阳光。代助强忍着，过了八点钟才慢慢起来。起床以后，立即感到一阵目眩，他像平素一样，洗漱完毕钻进书斋，就凝神坐在那里。

这时，门野通知说有客人来访，说罢站在门口，望着惊慌失措的代助。代助无心再说什么，他也没有问客人是谁，随即把双手捂住的半个脸转向门野。这时，客人的脚步声已经在走廊上响着，不等别人陪伴，哥哥诚吾就走了进来。

"啊，到这边来。"代助这才打了一声招呼。

诚吾刚一坐定，就掏出扇子，解开麻布上衣的纽扣，一个劲儿地扇风。他浑身的肌肉被太阳晒得通红，呼哧呼哧不住喘粗气。

"真热啊！"他说。

"家里人都好吧？"代助面带倦意地问。

两个人闲扯了一会儿家常话。代助的神情显得有些特别，哥哥也没有问他什么原因。

"今天我来……"当谈话稍微停顿下来的时候，哥哥从怀里掏出了一封信。

"有些事想问问你。"他把信的反面朝向代助。

"你认识这个人吗？"那上面是平冈亲笔写的地址和姓名。[1]

"认识。"代助机械地回答。

"听说是你的同学，是真的吗？"

"是的。"

"你也认识他的妻子吗？"

"认识。"

哥哥又拿起扇子，啪啦啪啦扇了几下，稍稍向前凑了凑，压低了嗓门：

"这个人的妻子和你什么关系？"

代助本来就不想隐瞒什么，不过，听了这句简单的问话，怎么能把复杂的经过一口说清楚呢？所以，他难于回答。哥哥从信封里抽出折叠成四五寸见方的信笺来。

---

1 日本人写信时，一般把自己的地址和姓名写在信封反面。

"平冈这个人把信寄到父亲那里去了,你读读看吧。"说完交给了代助。

代助默默地接过信读起来,哥哥目不转睛地盯住他的前额。

信笺上写着蝇头小字,代助一行一行看下去,看过的部分从他手里长长地垂下来,足有二尺多长,还不见有完了的样子。代助眨巴着眼睛,头像铁铸的一般沉重。他强打起精神,想把信看完。他的全身承受着一种无形的压抑,胳肢窝里渗出了汗水。快要读完的时候,他没有勇气再把信折叠起来,只好原样摊在桌面上。

"这上面写的都是真事吗?"哥哥低声问。

"是真的。"代助回答。

哥哥像受到什么冲击一样,顿时停下了手里的扇子。

两人相对沉默了老半天。

"那么你打算怎么办呢?干了这样的蠢事!"哥哥颓丧地说。

代助依然一言未发。

"你只要想娶,什么样的女人讨不着呢?"哥哥又接着说。

代助还是闷声不响。

"看来你不是一个毫无嗜好的人,如今干出这种不三不四的事情来,那以前的钱财不就白花了吗?"

今天,代助在哥哥面前,没有勇气阐明自己的立场,这一阵子他完全同意哥哥的意见。

"嫂嫂为你哭了。"哥哥说。

"是吗?"代助还像是在梦中。

"父亲很生气呢。"

代助没有吱声，只是把目光从远处收回来，望了望哥哥。

"你平时是个不明事理的人，兄弟相处，我想你总有一天会明白过来的。可是一次又一次，你还是什么也不懂，连我也感到泄气了。世界上不通时事的人最危险，不论做什么或想什么都叫人放心不下。你自己尽管可以随便，可是你也得想想父亲和我在社会上的地位。你究竟还有没有维护家族名誉的观念？"

哥哥的话并没有送进代助的耳朵中去，他只是感到全身痛苦。他在哥哥面前蒙受到良心的鞭挞，但他没有动摇。代助不想对所有的事都加以辩解，以便赢得同胞兄弟的同情，他没有这种滑稽的想法。代助的头脑里充满了自信，他已经选择了适合自己走的道路。他为此而感到满足。理解他这种满足心理的只有三千代一个人。除了三千代之外，父亲、哥哥、社会和人类都是自己的仇敌。这些人都想把他们两个推进熊熊的烈焰里活活烧死。代助只希望默默无言地同三千代抱在一起，等着烈焰把自己尽早化为灰烬。他没有回答哥哥一句话，只是用两手托着昏沉沉的脑袋，像石头般地一动不动。

"代助，"哥哥叫了一声，"今天是父亲叫我来的，你最近一直都不到家里去，平时都是父亲喊你去问这问那，这次父亲说他不想同你见面，叫我来问个究竟。如果本人想辩解，就听听辩解；如果不想作任何辩解，平冈说的句句都是事实的话，父亲说这辈子都不想见你的面，爱到哪里到哪里，爱干什么干什么，随你的便。他也从此没有你这个儿子；你也从此没有他这个父亲。——父亲可都是这么说的。刚才听你说，平冈在信上没有撒一句谎，看来你既不反悔也不打算承认错误，这样我回去也不好向父亲交代。我只是把父亲嘱托的话全向你说了，怎么样，父亲的意思你都明白了吗?"

"全明白了。"代助简明地回答。

"你这个大傻瓜!"哥哥厉声说。代助低着头，再没有抬一下。

"真愚蠢!"哥哥又说，"平时比谁都能说会道，到了关键时刻完全变成了哑巴，而且背后尽干些有损父兄名誉的事。你过去受教育究竟是为了什么呀?"

哥哥拿起桌上的信自己折叠起来，寂静的房间里响着哗啦哗啦的声响。哥哥把信装进信封又揣到怀里去了。

"我回去啦。"这回的语调倒像平时一样。

代助郑重地说了几句道别的话。

"我从今以后也不再见你啦。"哥哥说完跨出了大门。

哥哥走后，代助坐在原来的座位上没有动。当门野来收拾茶具的时候，他猛然站了起来。

"门野，我去找个职业就来。"说罢，他戴上帽子，连伞也不打，一下子跳到火热的阳光里了。

代助冒着酷暑的天气，他跑不起来，只能急急地迈动脚步。太阳从代助的头上直射下来。他光着脚踩在干燥而灼热的尘土里，心中火燎燎的，实在难以忍受。

"烤焦啦，烤焦啦!"他一边走一边嘟囔着。

来到饭田桥，他乘上了电车。车子一直向前开动，代助在车内又嘀咕开了，连旁边的人都能听见。

"啊，动啦，世界动啦!"

他的头脑像电车轮子一般快速旋转起来，每旋转一次，就感到火烤一般难受。代助想，要是乘上半天电车，非被烧焦了不成。

忽然一只红色的邮筒闯入眼帘，那红色蓦地飞到代助的脑袋里，咕噜咕噜旋转起来。伞店的招牌上高高吊着四把红伞，这伞的颜色又飞入代助的头脑，咕噜咕噜掀起了漩涡。十字路口，有个卖红色大气球的人，电车在急速转弯的时候，气球跟着飘过来，飞进了代助的脑袋。装载着小包裹的红色邮车和电车相交而过的时候，又被吸进了代助的脑袋里。香烟铺子的短幔是红的，拍卖行的旗子是红的，电线杆是红的。涂着红漆的广告牌一个连着一个，最后整个世界都变成红色的了。

而且，这些东西都以代助的脑袋为圆心，吐着火舌咕噜咕噜转个不停。代助决心在电车上待下去，直到自己的头颅燃烧殆尽为止。

译后记

夏目漱石是日本近代优秀的批判现实主义作家。他原名夏目金之助，1867 年生于江户（今日本东京）的一个仕宦家庭，少年时代受过汉学教育，二十七岁时，以优异的成绩毕业于当时的东京帝国大学英文系。后来，转到地方中学当教员，在大学同学、著名诗人正冈子规的影响之下，开始写作俳句，成就斐然，为他以后的文学活动，奠定了坚实的基础。

1900 年，夏目漱石官费留学英国，在伦敦住了三年，目睹了"大英帝国"日趋没落的社会现实，促使他对祖国的命运更加关切。1903 年，他回国后，在东京第一高等学校及帝国大学任教，对明治时代日本教育界的虚伪与冷酷，有了更深一步的认识，孕育了"漱石文学"对日本近代社会强烈的批判精神。

1905 年，夏目漱石发表了他的第一部讽刺小说《我是猫》，用幽默而辛辣的笔触，揭露了丑恶的社会现实，倾吐了作家郁积日久的不满和愤恨。以《我是猫》为起点，夏目漱石正式走上了文学创作的道路，凭着冷静的头脑和犀利的笔触，向日本当权者勇猛地开战，为日本近代文学建立了不朽的功绩。夏目漱石卒于1916年，虽然只活了五十岁，但他在生前就获得了极高的声誉。天皇政府曾经打算授予他博士的学位，遭到他毅然的拒绝，表现了一个正直的作家的高尚品格。夏目漱石在短暂的文学生涯中，写下了《我是猫》《哥儿》《草枕》《三四郎》《从此以后》《门》《心》《明暗》等数十部颇具特色的作品，为日本文学增添了光彩。至今，"漱石文学"仍然以它深厚的思想性和高妙的艺术性，在世界文学史上占有一席重要的地位，受到各国读者的广泛欢迎。

《三四郎》(1908)、《从此以后》(1909)、《门》(1910)，是夏目漱石中期创作的小说，通称"前三部曲"。这三部作品的主人公及故事情节虽然各不相同，但在主题思想上却有着内在的联系。小说《三四郎》描写青年主人公小川三四郎，由故乡熊本高中毕业后考入东京帝国大学，在同学校和社会上各方面人士交往的过程中，他对一切都感到新鲜，相比之下，自己过去的乡间生活显得多么闭塞而又贫乏。在大学里，三四郎遇到了同乡野野宫宗八。他是个知名的物理学家，每天钻在地窖里埋头于科学研究，对交友和恋爱都不感兴趣。三四郎的同窗佐佐木与次郎，是个热爱文学、精力充沛的青年，但又不免流于肤浅。他还结识了少女美祢子，生活中充满了绮丽的幻想，他爱慕她，却又不敢对爱情采取积极的态度。美祢子是个富有教养的新型女性，她天真热情，具有独立的判断事物的能力。但她又看不起平民出身的三四郎，终于同一个上流社会的男人结了婚。作品还塑造了自由主义者广田先生的形象，他清高自诩，卓尔不群，对待人生和社会始终抱以高踏的批判目光。从广田先生这个人物身上，读者可以窥见作家本人的影子。《三四郎》这部小说，反映了日俄战争后，日本经济大发展时期，知识分子相对稳定的生活，以及他们在步入冷酷的社会现实之前那种犹豫不决的精神状态。

《从此以后》的主人公长井代助是一个无职业的"高等游民"，他头脑聪敏，对现实社会抱有清醒的认识。他认为在那样的社会里，职业只会使人堕落。他的朋友平冈本是个具有理想的实干家，但在现实面前累遭厄运，生活困顿，精神上一蹶不振。平冈的妻子三千代，婚前原是代助的女友，代助看到平冈很爱她，便成全了他们。三年之后，代助发现自己的这一行为并未能给三千代带来什么幸福，便毅然拒绝了父兄通过金钱关系为他包办的婚姻，下决心与三千代一起共同创立新的生活。如果说《三四郎》中的广田先生对社会的批判只停留在一般的议论和冷眼旁观的立场上，那么，到了《从此以后》，作者便让自己的人物置身于社会生活的激流之中，使得这种批判更深入、更直接了。在这部作品里，作者通过主人公长井代助之口，对世态的冷酷、道德的沦丧、精神的堕落，给予有力的控诉，无情地嘲笑了统治阶级被幸德秋水等进步人士的革命活动吓破了胆的虚弱本质，成功地塑造了一个勇于向封建道德习俗挑战、勇于探索未来的觉醒了的知识分子形象，具有一定的典型意义。

继《从此以后》之后，夏目漱石于1910年创作了"前三部曲"的最后一部作品《门》，反映了作家精神上的苦闷与动摇。这部小说描写野中宗助和阿米夫妇惨淡的人生际遇，充满了悲凉和绝望的气氛。这一方面固然由于当时发生了"大逆事件"，给作家的创作造成了沉重的压力；另一方面也说明作家一旦放弃冷眼旁观的立场，试图正视黑暗的社会现实时，又不免流露出无能为力的消极情绪。

陈德文

图书在版编目（CIP）数据

从此以后／（日）夏目漱石著；陈德文译.—桂林：
广西师范大学出版社，2020.7
ISBN 978 - 7 - 5598 - 2906 - 1

Ⅰ．①从… Ⅱ．①夏… ②陈… Ⅲ．①长篇小说 -
日本 - 近代 Ⅳ．①I313.44

中国版本图书馆 CIP 数据核字（2020）第 094437 号

出 品 人：刘广汉
责任编辑：刘　玮
助理编辑：陶阿晴
装帧设计：李婷婷
广西师范大学出版社出版发行

（广西桂林市五里店路 9 号　　　邮政编码：541004）
（网址：http://www.bbtpress.com）

出版人：黄轩庄
全国新华书店经销
销售热线：021 - 65200318　021 - 31260822 - 898
山东韵杰文化科技有限公司印刷
（山东省淄博市桓台县桓台大道西首　邮政编码：256401）
开本：890mm×1 240mm　　1/32
印张：7.75　　　　　　字数：165 千字
2020 年 7 月第 1 版　　　2020 年 7 月第 1 次印刷
定价：45.00 元